阳光·雨荷

肖珊英 著

陕西新华出版
太白文艺出版社·西安

图书在版编目（CIP）数据

阳光·雨荷 / 肖珊英著. -- 西安：太白文艺出版社，2023.5
ISBN 978-7-5513-2366-6

Ⅰ. ①阳… Ⅱ. ①肖… Ⅲ. ①诗集－中国－当代②随笔－作品集－中国－当代 Ⅳ. ①I217.2

中国国家版本馆CIP数据核字(2023)第071109号

阳光·雨荷
YANGGUANG·YUHE

作　　者	肖珊英
责任编辑	杨德风　刘琪
封面设计	栾　方
内文插图	戴劲松
版式设计	吉　祥
出版发行	太白文艺出版社
经　　销	新华书店
印　　刷	武汉市卓源印务有限公司
开　　本	710mm×1000mm　1/16
字　　数	96千字
印　　张	10.75
版　　次	2023年5月第1版
印　　次	2023年5月第1次印刷
书　　号	ISBN 978-7-5513-2366-6
定　　价	78.00元

版权所有　翻印必究
如有印装质量问题，可寄出版社印制部调换
联系电话：029-81206800
出版社地址：西安市曲江新区登高路1388号（邮编：710061）
营销中心电话：029-87277748　029-87217872

平淡中蕴藏深情的诗
——读肖珊英《阳光·雨荷》

刘智毅

也许是因为我和肖珊英有过同样的农村生活经历，我们又同在县文化馆从事群众文化工作，当她把自己写的这本《阳光·雨荷》交给我，让我翻阅、品评之时，我并没有推辞。前前后后、断断续续读完之后才感觉到，册子虽小，分量却不轻——满是平淡中蕴藏深情的诗。

我很喜欢两本书，一本是《浮生六记》，一本是《人间词话》。文艺圈子里经常有人说：情深者，如沈复的《浮生六记》；至美者，有王国维的《人间词话》。读《浮生六记》，你会体验到沈复与芸娘的诗酒情话，让人心动的爱情与生活哲学。柴米油盐也诗意缤纷——落花流水的散漫、庭园梦境的静寂、布衣素食的流光、孤霞落日的悲怆，更兼沈复的清丽典雅之笔，生活之美、爱情之美、文辞之美，日常点滴皆为美。笔墨之间，缠绵哀婉，真切感人，治愈着受伤的心灵。读《人间词话》，你就会知晓，人活得精彩，全在境界。一切景语皆情语，词以境界为最上。以"人生三境界"来定义中国人治学、经世、立业的阶段：第一境界——迷惘探索，"昨夜西风凋碧树，独上高楼，望尽天涯路"；第二境界——追求理想，

"衣带渐宽终不悔，为伊消得人憔悴"；第三境界——终得顿悟，"众里寻他千百度。蓦然回首，那人却在，灯火阑珊处"。

所以，我一直认为——读书就是读人，读书就是读心；写书就是写人，写书就是写心。肖珊英的《阳光·雨荷》就是她人生的写照，也是她心灵的折射，让人感受到温暖和美丽，让人领悟到平淡也是那么深情。

《阳光·雨荷》分诗歌和散文两个部分，真挚的情感飘溢，可谓无语不情、无句不境。

诗歌部分，开卷就是浓浓的母爱，《想念——写给母亲》中，"树下　你孤独的背影／勾勒出速写式的单薄／轻漾在心头"，"母亲　再等等／待风晕染桃花　绿披柳条／请在满庭的斑驳里／拥我入梦乡"。《雨中想起母亲》中，"风雨飘摇　柏油路上／车轮划出几道醒目的印痕／深深浅浅／岁月的沟沟壑壑／于母亲的额头　清晰可见"，车轮、印痕、沟壑、额头，意象和情绪的融合恰到好处。爱是人类永恒的主题，肖珊英借花写情，《栀子花》中，"别追问归期／你只管／满山满坡尽情地开／我的爱／于倾心与你的那一瞬间／直扬　风帆"。母爱是可以传承的，亘古至今生生不息。送孩子上学也可以入诗，正如《送》中写的那样，"惺忪的眼／穿梭的校服纷沓／迫不及待的红领巾／随风飘扬"，展现了母爱的细腻。梦回童年、情系桑梓、魂归故里也是肖珊英笔下演绎较多的主题，《梦回茅井》中，"跳皮筋的无忌童年／拨开宁静　与众不同""这熟悉的风轻日暖／在光阴渡口　袅袅生香"。《背影》中感叹人生易老，光阴易逝，但记忆中总会有熟悉的身影唤你归家，"人潮里／隐藏的白发／是你与众不同的标志"。《一棵不开花的树》中表现出离乡人的思念，"离乡的人／就像一棵不开花的树／静待芬芳"，这种意象新颖而生动。亲情入诗，也能撩动人敏感的神经，《盼归》中展现作者对旅居国外亲人的牵挂，"你要的／只是一盏能照亮回家路的灯"。对外婆的思念，在《失眠》中有浓墨重彩的呈现，"遥念／外婆的蒲扇""失眠比失恋更难过""一浪高过一浪／肆意拍打心岸"。对已故朋友的思念也是一种难以磨灭的真挚，《致故友李新梅》中写道，"也许是你太累　想歇歇／可屏幕上你的模样／依旧明艳"。《归》中这样写道，"一如离家时　身后／母亲紧随的目光""此后是夜／我的梦便香了"。人生总有梦，梦里总有香，母亲是伟大的代名词。身为母亲的肖珊英，在诗里自然流淌出了母爱的无私，在《唱给儿子的歌》中得到完美的体现，"等我老了／哪里也不去／我就站成树／风里雨里／等你回家"，风雨中的树，成为母爱的最美具象。这是一份诗意的阳光，也是一叶诗意的雨荷。

日常生活中，如果没有发现美的眼睛，一切都会是那么平淡无奇，我喜欢《阳光·雨荷》的原因就是肖珊英笔下平淡中蕴藏深情的诗。煮茶，原是一件简单的、平淡的生活事件，《煮茶》中却这样写道，"煮一壶被时光遗忘的茶／文火　慢沸／许美静歌里的白月光／从纱窗斜斜地怯透"，这个过程让人心绪起起落落、沉沉浮浮，淡然飘香。时光是人生最深情的见证，从《路过》中，我感受到肖珊英对人生的一种领悟，"三三两两的白发人、流浪狗、弹棉絮的外地人、沥青路散发的热浪"等意象的叠加，得到一种结论，"在这场无法回头的旅行中／我们都输给了　时间"。《出发》中这样写道，"中药味充斥着每个角落／只有阳光见缝插针／瘦下去的纯牛奶纸盒／似被抽空的心情""相信最好的时光／已在路上"。游历于山水之间，感受天地间天然的情愫和悸动,忘却都市的烦躁,是一种心境,恰似《旅行》中表述的那样,"白云潭深处/有三五白鹭飞过/竹筏顺流而下/恰似赴约伊人/在水一方"。《小厨娘》中表现的是作者对平凡生活的热爱和追求,毕竟平淡的人生中饱含着最大、最多、最真的人情味,"油盐酱醋都熟悉了你手掌的温度/锅碗瓢盆交响曲/不是谁都可以演奏一生/唯有爱/才可坚持一路前行"。与家人、与父母相聚是天伦之乐,这份快乐的温度最为适宜,这份快乐的距离最为亲近,《在路上》这样写道,"昏黄的街灯/拉长返家的身影/心灵的距离/车轮无法测量/离心脏最近的地方/永远恒定着家的温度"。平平淡淡才是真,也是人生的一种境界和追求,《只要平凡》就是这样,"只要平凡/我愿溺在你的温柔里/换一种姿态 微笑",从日常的生活细节中折射对人生的思考,和对美好生活的期待和向往。这是一份诗意的阳光,也是一叶诗意的雨荷。

书中也有很多对现实生活的描摹,少女情窦初开,春心荡漾,也是人生中一种难忘的经历和宝贵的财富。《春的心事》中,"奔放的油菜花/寄托着三月踏青的梦""悄问是谁/吹皱一池春水/带走一指流沙""莫让我对你的思念/独对流年 空望"。《端阳·粽子》中表现出对屈原的敬仰之情,"从五月的喉咙里/传出一阵袅袅的呜咽/颤颤悠悠/成了端阳特殊的象征"。这是一份诗意的阳光,也是一叶诗意的雨荷。

肖珊英笔下的田园生活,超凡脱俗,令人沉醉。人毕竟有七情六欲,以人间烟火和香火入诗,不能没有等待的缘分,《等》中这样写道,"渡槽边/我痴痴地等/倘若相思无岸/我愿站成柳/等一世情缘/与你共话千年";《绽放》中,等待的心情如冬日的花蕾,在与春光的邂逅下，"绽放成 / 你心醉的模样"，这是美丽的等待，更是痛苦的煎熬。《冬日遐想》的意象非常生动而贴切，"灶膛的火 / 燎着漆黑的炉壁""凛冽的风 / 化开冻干的情结""不甘寂寞的麻雀 / 若无其事　踱步 / 涂鸦 / 细细密密"，可以想象一下，这样的冬日日常别有情致，灵动的意象让画面生动而活泼。思乡之情往往也折射出作者对田园生活的向往，《思乡》中这样写道，"鸡鸣是喜悦的象征 / 清澈的溪水 / 向着认定的归宿 / 不知疲倦地流""晨曦下的村庄 / 是雾里的世外桃源 / 近了又远　远了又近 / 我思乡的情哟 / 浓了又淡　淡了又浓"，这是诗，也是歌，在心灵的深处时近时远、忽浓忽淡，给人朦胧而又深邃的体会。这是一份诗意的阳光，也是一叶诗意的雨荷。

人生在世，谁人不恋？哪个不爱？爱和恋因为人的不同而呈现迥异的格局和风采，离愁别恨自然是诗文特殊的眷念。《无言的相思》中，"这无言相思的日子 / 倘若在你朦胧的意识里 / 还飘着一枚心形红叶 / 那么，请把它 / 珍藏在你记忆的最深处 / 那是我最初 / 也是我最终 / 无言的相思"；《流浪的心》中，"谁的呼唤如此亲近 / 谁的身影如此熟悉 / 令一阵亢奋没有起因 / 教一份遐想静静来临"。这样的心、这样的红叶、这样的思念，这样的怅惘、这样的心动、这样的啼叫，让人酸楚却又陶醉。《思念》中蒙太奇手法的运用，营造出强烈的画面感，"如若 / 离别时的那株'勿忘我'/ 能点燃我蓝色的孤独 / 请将思念的那盏明灯 / 高悬在 / 遥相辉映的心河"。没有兑现的诺言，让人惆怅也唤醒惦念，等待的过程有些凄苦但也能疗愈心灵的伤痕，正如肖珊英的《看海》，"我仍在等待　有一天 / 你翩然而至 / 挽着我的手去看海"。《怀想的季节》则描摹出了一幅恬淡的画,"夕阳下 / 捧着你我相同心迹的故事 / 躲到垣边 / 细读",少女的怀想、少女的季节、少女的心迹,真让人腼腆着、陶醉着。绝情也是情,那是伤心到极点的一种宣泄,《心事》描述了一颗受伤心灵的故事和传说,"待月儿正亮 花香已浓 / 我就把它翻至 / 记忆的另一边 / 永不重版"。《别绪》也应该归属于这一类情感,翠绿的树叶变得"一瓣一瓣如血似火",纸上的小诗和燃烧的心,化为永恒的沉默;《告别》中的"花与树枝做最后的告别";《倔强的心》展示了一种湿漉漉的思念在倔强的心灵中成舟,期待阳光下碧波和花海的跌宕。曾经的海誓山盟、曾经的海枯石烂,也许最终都是"谎言",而这些谎言如利刃,扎在心头流血,剧痛,但是谁又能说自己的人生是阳光大道、一马平川,没有坎坎坷坷、没有沟沟壑壑呢?逃离也是一种选择,《逃离》中这样写道,"婚姻里 / 没有谁对谁错 / 如果有来生 / 我愿是失聪的耳 / 装饰你平行的梦"。情感的决裂是痛苦的、悲凉的,但是人生中悲怆的泥潭总是需要带着勇气和力量独自走出,《决》中这样写道,"终究是要断了过去 / 作别泥潭般的往事 / 纷扰清零 / 轻装笑着 一路向东";期待相聚和爱的美好归宿,更是作者对生活的执着追求,《想你》中这样写道,"靠近你 / 细数所有相聚的日子 / 抱紧自己 / 便觉得单调的围墙上 / 有了深远的内容";《渴望》中,"从未像今天这样渴望 / 阳光的拥抱 / 把往事翻晒 哪怕蜕皮 / 刺痛也好"。《光的影》表现的意境也应属于这一类作品,"想触摸你的灵魂 / 手却停留在半空""宁静的午后 / 以这样的方式邂逅 / 哦 一切是那么美妙 / 一切都刚刚好"。这样的心境、语境和意境,是一份诗意的阳光,也是一叶诗意的雨荷。

《阳光·雨荷》中有一部分诗是关于人生思考的富有哲理的辨

析之作。《信念》是作者对时光的一种思考，从"很小的时候"，到"稍大时"，再到"长大了"，"信念／心中不落的太阳／即使经过了风与雨的洗礼／它仍然耀眼如初"。人生就是一场悟道的过程，过程中的风景，因为前行的信仰而旖旎，在《悟》中，似"月牙"、似"虫鸣"、似"摇橹声"、似"泥土的醇香"和"新月弯弯"，"趁信仰还在／努力前行"，这样的心态就是阳光。坚强和愉悦的生活是一种夙愿，只有经历过跌宕起伏的悲欢离合，只有经历过风情万种的酸甜苦辣，才能领悟到人生的真谛，如《愿》中所写，"无论你愿不愿意／我们都被时光／推着前行"。这是一份诗意的阳光，也是一叶诗意的雨荷。

　　《阳光·雨荷》中还有一些散文。我对散文的认识主要集中在意境的营造和文字的表述上，文可以散，情必须浓，爱必须真，真情浓意自成散文。应该说作者的散文功力还是比较遒劲的。《忆童年》通过自己的亲身经历，塑造了"幸运的我""大难不死的我"，留给人难忘的印象。从春夏秋冬的农村生活中选择切入点，对真实而有趣的生活印记的描写出神入化，例如描写三九菇，"有的打着小伞四处张望，有的三五个簇拥在一起交头接耳，还有的像孪生姐妹相互依偎、互诉衷肠"；五月份在打谷场上打油菜，"小溪的水哗啦啦地流，此时的村庄已沉浸在银色的月光里"；父亲背我回家时，"我趴在父亲宽阔又柔软的背上一颠一簸，感觉就像躺在摇篮里，舒服极了，有时到家了也故意赖着不下来"……童年的纯真、浪漫、活泼、可爱跃然纸上，跃然心间。《悼小叔》中的那份真挚的情感让人泪水纵横、心里绞痛，"人到中年，不得不逼着自己学会接受亲人和朋友的别离。纵然心如刀割，泪眼婆娑，也不得不放开再也够不着的手……""往后余生,不会有人往我书包里塞炸小鱼干,也没有人会牵着我的手穿过闹市,更不会有人给我留一兜热乎的馒头和豆浆!",让人感受到生命的脆弱和自我珍惜的忠告。《晒娃》非常有趣,通过现代和传统的嫁接,以独特的方式展现作者对人生的姿态,这就有了更高的层次,也让文章超出了本身的价值。语句的打磨也很讲究,"偶翻手机惊喜发现一句经典名句——人类无法隐藏爱、恨、咳嗽,还有一个:晒娃!哈哈,太在理了,娃是自家生自家养的,无论美丑胖瘦都是经母亲怀胎十月,鬼门关上走一遭用命换来的,不晒晒简直天理难容。尤其晒娃还是零风险,低成本,随时随地且随机"。这是何等的率真、生动、有趣!作者接着写古代文人如何晒娃,可谓别致,花了心思。陶渊明、杜甫、李白、李商隐、韦庄、苏东坡、辛弃疾、徐渭晒娃,晒出了文化人对平淡生活的热爱和对社会和谐的追求,此为一层意境;接着,"上下求索,古今晒娃方式迥异,但皆源于爱!晒是对生活的积极态度,晒晒更健康!"此是第二层意境;再接着,"愿太阳照得见的地方都是心之所向,有爱的地方就是天堂!",此是最高境界。还有几篇就不一一赘述,我认为,这也是一份阳光,这也是一叶雨荷,这样的阳光更好,这样的雨荷更美!

前前后后、断断续续读完了《阳光·雨荷》,也明白了作者的取名用意。博大精深的中华文化源远流长、生生不息的原因就是对真善美的追求,就是对心境、语境、意境的精雕细刻。这种好的传统在肖珊英这里得到了传承,她必将有更多更好的作品问世。《阳光·雨荷》有分量,其实还可以有更大的分量,比如借鉴传统诗词的赋比兴手法,可以让语句更加凝练和精致,学习现代和近代新诗的意识流、蒙太奇手法，可以让线性思维变得更加活跃生动等等，这也是对肖珊英的一点建议。

有位诗人说，"醉过才知酒浓，爱过才知情重"。因为懂得爱的人，眼睛必定锐利，情感必然丰沛，就算生活以刻薄与荒芜相待，心中仍有画船听雨、晚风催眠的风景。读书真好！读《阳光·雨荷》真好！因为阳光是人生的一种心态，雨荷是人生的一种风景。

2021年12月9日

刘智毅，湖北省音乐家协会会员、湖北省作家协会会员。现任咸宁市政协副主席、文联主席。著有诗集《青春如雪》《船在湖心》，出版有原创词曲CD《如诗如画》。

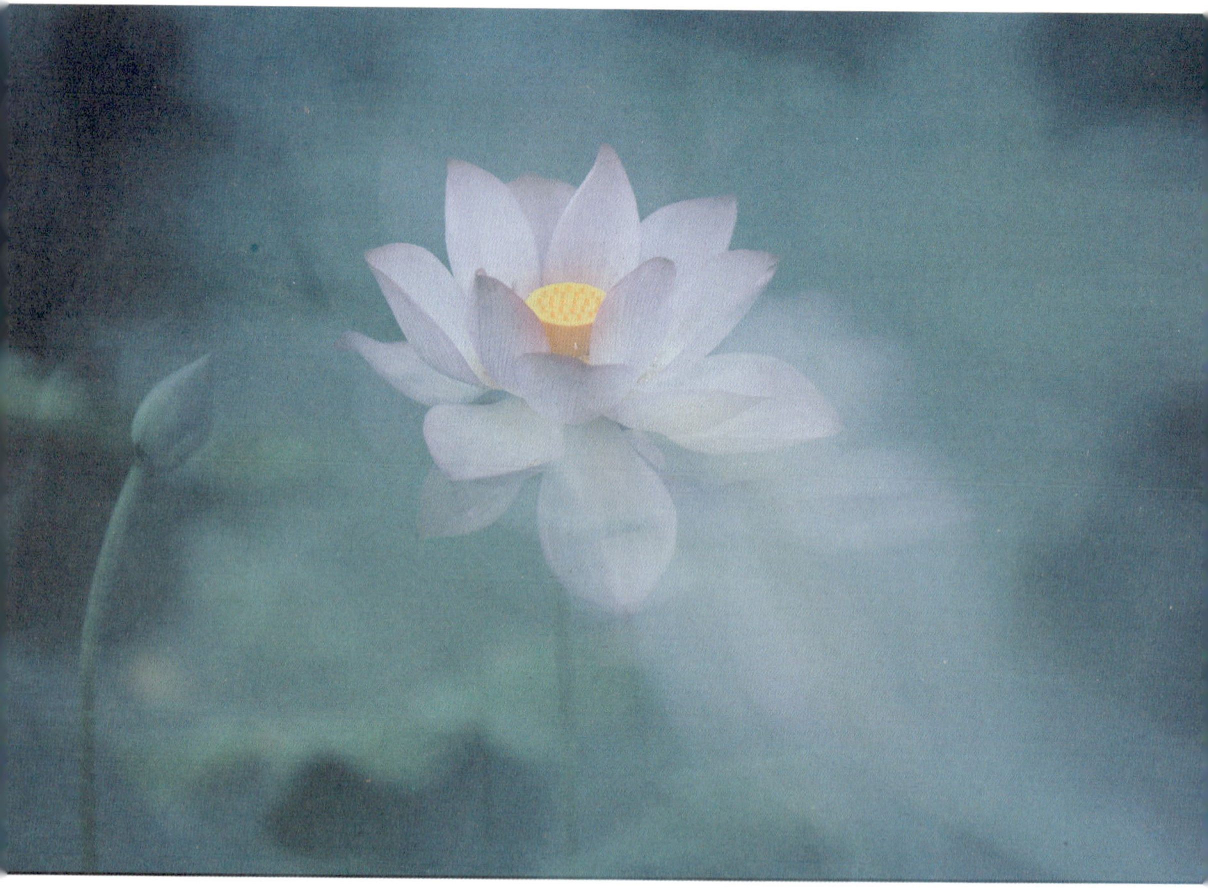

目录

阳光

想念	003
春的心事	005
放飞	007
独欢	009
遗失的爱人	011
双合莲	013
满月	016
花开的声音	018
赏春	020
人到中年	021
祭	023
守望	025
信仰的颜色	027
对白	029
相约九宫山	031
等爱的人	033

栀子花	035
豆	037
等	039
梦回茅井	041
煮茶	043
路过	045
出发	047
送	049
做一粒麦子	050
读余秀华的诗	052
醉酒	054
只要平凡	056
一棵不开花的树	058
乡音	060
无言的相思	061
流浪的心	063
信念	064
雨中想起母亲	066
端阳·粽子	068
思念	069
看海	071
怀想的季节	072
心事	073
别绪	075

目录

告别 …………………………………… 077

倔强的心 ……………………………… 079

夜 ……………………………………… 080

归 ……………………………………… 082

冬日遐想 ……………………………… 083

背影 …………………………………… 084

唱给儿子的歌 ………………………… 086

绽放 …………………………………… 087

盼归 …………………………………… 088

悟 ……………………………………… 090

思乡 …………………………………… 091

失眠 …………………………………… 093

愿 ……………………………………… 095

想你 …………………………………… 096

逃离 …………………………………… 098

小厨娘 ………………………………… 100

旅行 …………………………………… 102

决 ……………………………………… 104

渴望 …………………………………… 105

光的影 ………………………………… 107

听 ……………………………………… 109

在路上 ………………………………… 111

月圆，天上，人间 …………………… 113

舞动 …………………………………… 115

3

致故友李新梅…………………………………… 117

雨荷

父母爱情…………………………………… 121
忆童年……………………………………… 127
悼小叔……………………………………… 136
晒娃………………………………………… 139
回家………………………………………… 143
我的外婆…………………………………… 146
父母·家…………………………………… 151

后记………………………………………… 154

阳光

想 念
——写给母亲

我和你的纽带

来自血脉

线和风筝　串联起

孟郊心中的三春晖

王冕魂牵梦萦的萱草花

瘦竹剪影已斜映在夕阳下

泛黄的老式缝纫机轧轧作响

此时　你又在窗前牵挂

月从狭长的山涧滑过

李花簌簌飘落

树下　你孤独的背影

勾勒出速写式的单薄

轻漾在心头

池水荡漾春如旧

倦鸟亦归林

衔泥双飞的燕儿

停栖于檐角弯弯的家

绿意盎然的低枝

已把春的讯息　传达

母亲　再等等

待风晕染桃花　绿披柳条

请在满庭的斑驳里

拥我入梦乡

○ 阳光

春的心事

举目
金涛涌动的田野上
蜂蝶如织
奔放的油菜花
寄托着三月踏青的梦
远远飘来馥郁的芳香
沁人心脾

陌上春泥疏篱傍
紫玉兰已浓妆　携手
积雪般的李花
盛装登场

昔日牛背横笛的少年郎
如今已饱经沧桑
浅浅的河滩外　唯有
悠扬的牛铃摇春光
悄问是谁

吹皱一池春水

带走一指流沙

明媚春日

愿踏青的脚下　生风

诚邀心去一次近旅吧

莫让我对你的思念

独对流年　空望

阳光·雨荷

放 飞

雨后的清晨
朝着太阳的方向
欣喜狂奔

朝霞是金色的嫁衣
翻耕过的褐色泥土
芬芳不语

小家碧玉的蚕豆花迎风绽放
淡紫色的花瓣摇曳
猫耳朵斜立着　倾听
归家的脚步
浅笑安然

莺啼处　映山红风风火火
极尽生命的全部
与蜜蜂共赴一场春日盛约

轻风已过竹林　低语
黑暗里破土的勇气
褪落笋衣时的依依不舍
只为
和阳光撞个满怀

一只新燕迷糊过墙
院角里的青苔　星星点点
转身的瞬间
已是春色满园

阳光·雨荷

○ 阳光

独 欢

风雨过后

月季　错落有致

娇羞含苞的枝

倾斜身姿

紧贴玻璃

伺机窥探茶杯的心事

密匝匝的映山红

也不胜风力

在鸟儿的挽留声中

零落成泥

绿藤招摇爬上门框

七姊妹花忘情绽放

伞还在院里淌着水

覆盖着青苔的砾石陷入沉思

篮球场上的少年却蠢蠢欲动

溅起的水花和肆意的欢笑

让斑驳的地面　生动

童真是忘我

精彩源于内心

一个人

于暗香浮影里

独自　清愉

独自　沉醉

阳光·雨荷

○ 阳光

遗失的爱人

华灯初上

人潮汹涌

江风把街景拉长

消瘦了背影又投向地面

静静听　钟声语

宗彝的一挥而就

折服了多少停驻的脚步

登至高处

看万家灯火

温暖人心

此刻唯愿

我是那生锈的机芯

这样时光便可以

停在最初的相遇

夜色阑珊处　蓦然回首

原来我只是

你遗失在风中的爱人

再见

再也不见

阳光·雨荷

双 合 莲

多情的铁匠啊

你把悲欢离合融进熔炉

重塑　一个个鲜活

肩　能扛起沉甸甸的命运

却挑不起单相思

跋山涉水铺垫的章节　在你脚下生风

只怪那池塘边的钓鱼郎

用丝线勾走　浣衣娘的芳心

挣不脱的枷锁

注定　尚未开始就已近尾声

既然　生不能相守

化成莲花也要　并蒂

屋后的三千竹

见证　你们痴狂的点点滴滴

醉心爱一回

只要通往爱的天梯　有她（他）相随

哪怕坠入无底深渊　也在所不惜

三山源的云哟　静静地移

我踏上这片你们相爱过的土地

苦苦寻觅

无奈黄鹂空鸣花逝去

徒留清风　低回不语

沿着你们走过的路

呼吸着你们呼吸过的空气

这曲千古绝唱

于一吟一咏间　追寻

情不知所起　一往而深

爱也悠悠　恨也悠悠

○ 阳光

满 月

当夕阳跨过门槛
昏黄在短发间浮动
暮色已悄无声息滑进走廊

终于确定自己
是虔诚的掌灯者
这竟与人约黄昏后的意境
毫无关联

我只记挂今晚的月
还有和节气对应的诗
至于以后无法成眠的夜晚
只能交给屋檐下盘旋的风
因为压抑着的欲望
和各种假想
会在夜色浓重时　四处横行

我抬头仰望星空

○ 阳光

恰巧你也在身旁

四目相对　风已静

一排排烛光低语

满月之下

请不遗余力　深爱

花开的声音

雨后的清水湾　新绿芊芊
粉墙旁　花热烈
春色又满园

微风踩着枝上的音符
一路轻吟
浅唱着平常的小欢喜

不知名的花
把洁白高举在篱笆上
单纯而热烈

河两岸　杨柳青青
垂下丝丝弄碧的心事
如恋人挥动的手
轻撩离愁

在春分将临时　等候

○ 阳光

待夜深人静

不管月光落在枕边

圆了谁的梦

我只坚信花开的声音

会温暖　如水流年

赏 春

三月的风踮起脚

顺着一望无垠的春色

轻轻抚摸

草尖儿睡醒了

争先恐后钻出泥土

紧拉阳光的手臂

努力攀缘

花苞　醉醺醺

和蜜蜂在枝头翩翩起舞

金黄的油菜花

芬芳着踏青人的梦

春日里

我是谁的诗和远方？

这一刻

我骄傲地认为

我配得上这世间　所有温柔

阳光

人到中年

最先发现牙松动了的
是手中刚削完的苹果
使不上力　尴尬掉了一地

较着劲的白发
拔了一根又一根
像烧不尽的野草
执着而顽强

不甘也不愿
就这样老了吗？
胶原蛋白　曾经的傲娇
都去了哪儿
给了各式各样的洗洁精
还是五颜六色的围裙？

女人呀　终其一生
终究还是嫁给了柴米油盐

既然无法用积攒了半生的春色　惊艳

在晨昏交替时

我决定　放弃对这个世界

从头到脚的迎合

阳光·雨荷

祭

昨夜梦见

给祖母的坟头添了新土

以为远远地　您便能见到我的幸福

手拄拐杖　极目远望

风撩动衣襟

是记忆中　您的模样

人世间啊

有太多的遗憾

本想带您回趟湖南湘潭

去生养您的故乡看看

最终落空

成了我们心头永远的痛

而今　守护村庄几百年的苦槠树

苍老得如您脸上　道道皱纹

苦槠子遍地

就像您遗失在异地

怎么拾也拾不完的乡愁

您喜欢的茉莉花茶我还在喝着

您爱听的花鼓戏我也能哼唱

只是　只是您

再也听不见了

我愿用所有对您的怀念

缩短您与故乡的距离

相逢过后

用长长的相思泪　和满腹的知心话

祭奠　回家的路

哪怕风雨兼程

想必会换来这人间清明　四月天

守 望

燕子在水面跳着芭蕾

雨水　继续诉说旧年往事

帐篷和家

往返成单车轨迹

人潮汹涌　方配得上繁华盛世

而今的路灯下

只留下孤单背影

院里的花儿啊　别太急

早晚都会盛开

何况整个春天都是你们的

破土的种子　也莫耗尽力气

拱拱泥土

等树苍绿

雨生烟

许你稻香时节　喜话丰年

阳光·雨荷

信仰的颜色
——观寿昌县苏维埃政府旧址有感

冰冷的数字

在右手转角处　醒目

不敢直视

十几载　短得让人心痛

仿佛你从未来过

我屈指　把帽檐压低

仍有泪　模糊双眼

风从四道走廊聚集

与天井中的我　擦肩而过

闭上双眼

努力搜寻　甚至试图想象

风啊，请再描述一遍翻山越岭时他的模样

野菜糠和树皮如何下咽？

草鞋是不是又磨破脚跟？

待明月升起时

千万要记得抚平他身上的伤

看吧，鲜血洒遍的地方

映山红已开满山岗

万丈春色中明媚的你

在碧浪里熠熠生辉

听吧，血液流动的声音

奔腾着你无声的誓言与承诺

中国红

已点亮整个民族

那是你信仰的颜色

在神州大地上　高高飘扬

对 白

一年一次的远方

不足以书写诗行

我只能追寻你的墨香

穿越千年

感受你的命运和呼吸

世人赞颂你是瑰宝

是嵌在思想之花上的钻石

讴歌你是智慧的结晶

浓缩在精神家园

丰盈而诱人

在行云流水的岁月里

你就是生命的底色

滚烫每一颗孜孜不倦的心

无论你是二月的万条丝绦

还是烟花三月的孤帆远影

踏歌声已在桃花潭　回响

我还是像初见时那样　喜欢你

在只听得见心跳的夜晚

和你的灵魂　秉烛夜谈

阳光·雨荷

○阳光

相约九宫山

半山腰的惊喜

让旅途分外轻松

再见你

银装下　依旧妖娆

为何你扑向我时

不管不顾

每朵晶莹饱含快乐

拿什么报答

这铺天盖地的深情

我只想一路前行

心甘情愿　和你白头

如果你允许

请让我把二十五年前的路

再走一遍

爱过的人紧拥在怀里

任凭这漫天风雪

也绝不松手

来吧
我会在云中湖　等你
就算化成水
也会以不变的情怀
许你一个纯洁的世界
当我再想起梦里你的微笑时
二月花就开了
那花海
淹没来时路

○ 阳光

等爱的人

我是冬至后
草地上的一抹红
无垠之景
在雨雾中迷离

风已把你的信息
吹散在门外
湿漉漉的窗棂
禁锢着想奔跑的欲望

为何我努力用倒叙来追忆
仍拼不齐翩翩少年时
你的样子？
剔去美人骨
你究竟是谁？

循序播放的音乐
贴近　曲中灵魂

只有等爱的人

才能体会

既然我不是你弱水中的那一瓢

锈钝的齿轮

合转不出你想要的幸福

就让我饮尽　这杯中烈酒

迎接余生

必须承受的孤独

阳光·雨荷

○ 阳光

栀子花

在空灵的山谷

峰回路转处

我们悄然相遇

你的名字

已在我的脑海浮现千万次

清雅的花瓣婷婷

黄蕊齐嵌中央

明眸已为你沦陷

雨天

我撑油纸伞来

伞里是我　伞外是你

无须开口

花语在相交的视线里

传递

晴天

我戴上薰衣草编织的帽

让你在人海里
一眼便能看清我的模样

别追问归期
你只管
满山满坡尽情地开
我的爱
于倾心与你的那一瞬间
直扬　风帆

○ 阳光

豆

不知在黑暗里

沉睡了多久

醒来时

尖尖的头　已紧挨着土地

一切都那么新奇

风儿轻吻你

用温暖的声音叮咛

快快长

你铆足了劲　向上再向上

长成锄头下留意的模样

在轻轻的笑意里　茁壮

终于弯腰了

此时的你和阳光的颜色接近

镰刀却有些出其不意

你跌落在地　在骄阳下辗转

脱离外衣时竟格外痛楚

光溜着脑袋凑在一起

晾晒

又跌跌撞撞入水

碾轧成汁

在锅里翻滚　沸腾

昔日的连理豆枝　偷泣

有风在低吟

天涯陌路　后会无期

阳光·雨荷

○ 阳光

等

梦里开元寺

是愚公移山的精诚所至

盘旋而上的十八弯

在雾中峻峭

直逼云霄

木鱼声声

拂去红尘烦忧

闭上眼

舍去纷纷扰扰

以桥为界

下游河床干瘦

白鹭信步

上游河边细柳的倒影

与寨下的人们　深情相守

细雨蒙蒙

勾勒着时光静好

渡槽边

我痴痴地等

倘若相思无岸

我愿站成柳

等一世情缘

与你共话千年

阳光·雨荷

梦回茅井

一根竹竿　撑开

满目葱茏

最深处　红裳翠盖

鱼尾悠然

雨润白了莲子

在水波荡漾中

洋溢着幸福

拱桥下流水涓涓

细诉不经意　和过往

跳皮筋的无忌童年

拨开宁静　与众不同

风吹来的气息

是空气酝酿后的甜

夕阳轻衔山巅

火烧云

和蓄谋已久的天空　不谋而合

整个村庄已镀上　瑰丽金边

恍若画中行

夜幕下低飞的流萤

一盏挂在车尾的灯

汇集成微光

指引回乡的夜归人

这熟悉的风轻日暖

在光阴渡口　袅袅生香

阳光·雨荷

煮 茶

煮一壶被时光遗忘的茶

文火　慢沸

许美静歌里的白月光

从纱窗斜斜地怯透

翻忆往事

清晰如昨

半是心中积霜

半是人影杳然

风猛地推开朝南的门

惊起

独巡的蟑螂猝不及防

朝天

橱柜里搁置已久的老姜

发出新芽

像黑暗里沉默的舞者

为新生振臂

静立在水中的枸杞
默守最后的夜晚
与台灯下的身影　对话
夜已深
让往事随风
与自己言和

阳光·雨荷

路 过

当中伏的知了

还在卖力地钦赞夏天

飞机已在如洗的碧空

划出一道长长的白线

药店外的长椅上

坐着三三两两的白发人

漫无目的地张望　人来车往

窗明几净的蛋糕店旁

一只流浪狗衔着骨头

小心翼翼避过人群

独享属于自己的早餐

弹棉絮的外地人　歇业

跷着二郎腿

眯着眼躺在藤椅上

边品茶边听音乐　忘我

沥青路散发的热浪　扑面

让人有些眩晕

我曾路过你的世界　深爱过

原谅我只有配角的嗓音

终不能和你

站在同一束光下

在这场无法回头的旅行中

我们都输给了　时间

阳光·雨荷

出　发

就这样匆匆跨入

秋天的门槛

夏天的翅膀还在隐约挥动

让我恍然的　是你上次转身时

留给我的冷静

橱柜里的榴梿也沉默

开不开口都不重要

懂它的人

已于味蕾和唇齿间　垂涎

中药味充斥着每个角落

只有阳光见缝插针

瘪下去的纯牛奶纸盒

似被抽空的心情　难以言喻

在这立秋时分　许愿

放下和宽恕　才可得解脱

相信最好的时光

已在路上

阳光·雨荷

○ 阳光

送

惺忪的眼
穿梭的校服　纷沓
迫不及待的红领巾
随风飘扬

交叉的立交桥
拥挤着不同的心事
顺着深红台阶
你努力向前
一天最幸福的时光
在你害羞的拥抱后
温情如冬日暖阳
蔓延

做一粒麦子

五月的问候

染红了屋檐下的芍药

麦花如雪

开始　沉甸

空气　湿润而清香

收割完油菜的熟地

开始翻耕

胸有成竹的挥锄人

把山歌小调哼得不加修饰

烟草　寂寞地燃烧

风捎带过来

那是老父亲特有的味道

这日，不提节气与收成

我只想跟随您弯下腰身

一点点蹾进　老房

○ 阳光

就算有天

我不敢去抚摸那数不尽的芒针

愿做一粒忠实的麦子

承欢您膝下

就像村庄的雨水

和雨水冲洗过的　沉默的大地

读余秀华的诗

不想问你爱的人

现在还爱着吗？

因为文字是你的铠甲

波光柳影在黑白里神态自如

你穿越横店

丈量每一寸坑洼不平

无视田野上五颜六色的野花

包括稗子成熟时

提心吊胆的摇晃

一个只有游走在乡间才安心的灵魂

无暇顾及它们的情绪

收拾好心情

管它飞蛾扑火还是脱胎换骨

无人问津的饥寒交迫

已让残缺　无处藏身

还有什么比把你捧在手心　更令你动情？

○ 阳光

秋千荡起

你飞扬的马尾

还有镜片上的雾气

都是被爱包围后

另一种缩影

醉 酒

酒过三巡

你的眼睛开始泛红

酒精催化下的五味杂陈

好比雨天

车轮滑过溅起的水花　身不由己

筵席已近尾声

急着打烊的服务生守在原地

巴巴地盯着门缝

各种气味　混合

昏昏欲睡

此刻的你无助得似个孩子

我张开双臂

就像你当年不顾我的狼狈

温柔伸出的手

爱意轻袭　低眉

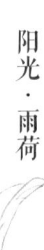

○阳光

身处逆境的人

最有机缘看到真相

既然生活已逼你选择答案

不无视　不闪躲

告诉他们

从头再来又有何惧？

风雨路上

我会一直与你

并肩　同行

只要平凡

白云在蓝天撒了个欢
棉花糖似的　软软糯糯
密密层层的青草卖卖萌
碧海一般　翻腾起伏
分针和秒针各司其职
重合
又嘀嗒着你追我赶

挂钩上的浴巾
有点不甘心
终究还是　迷恋
蜜柚香皂的味道
迟迟不肯让它随风散去
衣柜里花哨的裙
藏着按捺不住的小心思
在初夏的微风里
和着萨克斯的曲调
轻轻摇曳

○ 阳光

时光从指缝里溜过

可又曾绕至谁的身后　慈悲？

只要平凡

我愿溺在你的温柔里

换一种姿态　微笑

一棵不开花的树

风里翻飞的思绪
沿着回乡的小路
穿过时间的序幕
汇入袅袅炊烟
熟悉的老屋斜影
孤藤在墙角延伸
心事随波荡漾
随风飘扬

故乡的老树
时常在我的梦里
朝天的橘红
让路过的目光停驻
回望
儿时最初的模样

辗转反侧
于灰色的黎明前茫然四顾

○ 阳光

生养我的褐色土地啊
依旧沉默
你把青翠席卷而去
只剩满天星斗

离乡的人
就像一棵不开花的树
静待芬芳

乡 音

黄昏点灯时

筛着淅淅沥沥的雨

在一望无际的田野

摇来了三三两两骑着牛的牧童

用葱叶和树叶

吹出一曲单调和纯朴

余音还荡漾着春愁

雨帘卷起温柔的风

既而绵延成一缕缕轻柔的烟

炊烟中映出母亲瘦小的身影

于是

浓密的睫毛上

缀满了晶莹

无言的相思

南国独有的相思豆

多半是很诱人的吧

那些种相思豆的人

多半是熬不住

漫漫的孤寂

浓浓的思念

而把它深植在

这无人知晓的深秋

无言的相思

在绿色的梦呓里

会茁长出一片无瑕的世界吗?

在你无意走过心灵禁区时

微微的电波也能

传递到你的心尖吗?

哦 这无言相思的日子

倘若在你朦胧的意识里

还飘着一枚心形红叶

那么,请把它

珍藏在你记忆的最深处

那是我最初

也是我最终

无言的相思

阳光·雨荷

○ 阳光

流浪的心

布谷鸟的声声啼叫

激起一阵淡淡的怅惘

血管里

汹涌着热泉

谁的呼唤如此亲近

谁的身影如此熟悉

令一阵亢奋没有起因

教一份遐想静静来临

流连于起伏的山峦

悠悠绵绵

在这悸动的心海

结出满林的绿荫

信 念

很小的时候

信念是一本难以读懂的书

我不认识它

它也不认识我

稍大时

信念像一位导师

牵引我跨越

生活中无法避过的泥泞

如今长大了

信念是心中不老的绿洲

凭一腔热血

探索着生活的真谛

信念

心中不落的太阳

即使经过了风与雨的洗礼

它仍然耀眼如初

○ 阳光

雨中想起母亲

淅淅沥沥的雨声
是母亲爱怜的叮咛
缠缠绵绵的雨丝
如演奏古曲的铮铮琴弦
轻轻撩动　声声入耳
风雨飘摇　柏油路上
车轮划出几道醒目的印痕
深深浅浅
岁月的沟沟壑壑
于母亲的额头　清晰可见

○ 阳光

端阳·粽子

时光漫不经心地走过

端阳之粽的芬芳

弥漫了五月之唇

一丝香甜

延伸了五月的魅力

抖落一身的骚动和不安

安然入睡在

江南有棱角的河床上

依稀可见

《离骚》中那根弹不断的琴弦

依稀听闻

屈原的憧憬破碎为涌动的泪花

既而摇曳一弯新月

从五月的喉咙里

传出一阵袅袅的呜咽

颤颤悠悠

成了端阳特殊的象征

思 念

清歌断肠

于辗转中学会遗忘

你　是我唯一的思念

踯躅于往事的门槛前

来来回回

恨自己不能进入角色

完整那残缺的剧本

每个有月亮的晚上

只能独坐窗前

遥遥数着星星

守着你空虚的幻影

如若

离别时的那株"勿忘我"

能点燃我蓝色的孤独

请将思念的那盏明灯

高悬在

遥相辉映的心河

阳光·雨荷

看 海

总感觉春色正纷至沓来

走出空荡的心灵围城

在声嘶力竭的呐喊中

心潮汹涌

这青苔般蔓延的回忆

拍打着心岸

你约我去看夕阳下的海

说那将是一次美丽的旅行

可惜那几天一直下雨

没能实现我

沉浮多次的遐想

我仍在等待　有一天

你翩然而至

挽着我的手去看海

从此

遗憾消散

心河平缓

怀想的季节

清晨

踯躅于这沉静的田野

把自己溶成

透明的血液

流进你

躁动不安的心里

夕阳下

捧着你我相同心迹的故事

躲到垣边

细读

台灯旁

那对色如白玉

相依相偎的小飞蛾

低声私语

把夜的色彩

装点成黎明

这个季节属于怀想

这种怀想依恋季节

○阳光

心　事

走过昨夜同你走过的长廊

虽然你一再说那夜星稀月朗

我却只觉今晚一切都空荡荡

栀子花簌簌落下

思绪一片纷乱

如未经润色的底稿

如流的诗行回旋、飘坠

我不要继续延绵你的故事

那个传说已融于春雪中

待月儿正亮　花香已浓

我就把它翻至

记忆的另一边

永不重版

阳光·雨荷

别 绪

你怎么可以
用无情的风
吹散这树翠绿的叶
你怎么可以
让她在你
欢乐的旋律中飘零
你可看见坠地后
那一瓣一瓣如血似火

既然这样
既然你已决定远去
那么　你走吧
别回头
也别在任何时候想象我
会用虔诚的祈祷
和那支《一路平安》的歌谣
来纪念
那梅子雨洒落的季节

也许　以后的日子

寂寞与凄冷常伴

我会赠它们一首小诗

抑或是

养一大群白鸽

在它们每一只纤足上

系一纸你曾写给我的——

多情　坚如磐石的誓言

系上我的心

在雨季再度来临的时候

将它们放飞

让它们在清澈辽远的蓝天上

纷纷扬扬成

一个沉默的永恒吧！

○ 阳光

告 别

朝西的飘窗

伸手

雨水滑过指尖

花与树枝做最后的告别

依旧不舍

轰隆隆的钻机

无视这缠绵的场面

爱与不爱

已成过眼云烟

就此　放手

无论你即将成为谁

风和雨都不是借口

只要岁月静好

优雅　转身

投入尘土

下一个轮回

说好

永不再见

阳光·雨荷

○ 阳光

倔强的心

玻璃房上的雨

肆意地流成帘

潮湿的心

焦急　张望

目之所及

思念成舟

强赋新愁

欲语还休

雨打芭蕉风飘摇

料想它

千疮百孔　泪雨滂沱

待艳阳普照

还我灼灼韶华

层层碧浪

它在花海笑

夜

有流星从夜空划过

高楼林立

谁家婴儿无邪的笑

伴着月色

滚落一地

此起彼伏的蛙声　和

不甘寂寞的蝈蝈声

一唱一和

管它阳春白雪

还是下里巴人

自由　和谐就好

夜风四起

路灯的倒影

寂寞

归家的脚步

纷至沓来

○ 阳光

掩门
白日的喧嚣
连着多日的不安　焦灼
一同
谢幕

归

红藕飘香

惊艳池塘四周

炊烟袅袅　柴火气息

弥散

两三只白鹭

在田埂上觅食　嬉戏

奔跑的孩童　欢笑

转眼间展翅

天空　有掠影

抬头　目送

一如离家时　身后

母亲紧随的目光

不敢回头

黄昏村口凝望的目光

是我柔软的牵挂

此后是夜

我的梦便香了

阳光

冬日遐想

灶膛的火

燎着漆黑的炉壁

带着柏木特有的清香

婀娜的烟

从狭长的烟囱飘出

摇摇摆摆

凛冽的风

化开冻干的情结

纷飞着雪的灰色天空下

不甘寂寞的麻雀

若无其事　踱步

涂鸦

细细密密

在漫长冬日里

晕染　层层遐思

背 影

忙碌的橙色

穿梭在

热气腾腾间

喧嚣的

是来往的食客

人潮里

隐藏的白发

是你与众不同的标志

恨自己

不能立刻狂奔

泪水

夹杂着漫天飞雪

遮住了来时的路

让冰

从此封存

记忆里

佝偻的背影

重叠 定格

○ 阳光

唱给儿子的歌

你的欢乐
是与玩伴的亲密无间
在你的小小世界
撒欢　奔跑
自由如风

我的幸福
定格在你的背影
你睡梦中的微笑
我能做的
就是静静地
陪伴你
慢慢长大

等我老了
哪里也不去
我就站成树
风里雨里
等你回家

绽　放

含苞娇羞

是最初等待的心情

迎风伫立

一如期待里

与风热烈拥抱

沉睡冬日

为的是赴春光之约

我在枝头　盼望

华丽的蜕变

绽放成

你心醉的模样

盼 归

你要的
只是一盏能照亮回家路的灯
让孤独的灵魂
和无处安放的心
不再搁浅

与世无争的善良
在无人疼惜的世界里
悄无声息

大洋彼岸
你望穿秋水
不敢轻易打搅
团聚的美梦
生怕醒来
仍旧远在天涯

我坚强而沉默的亲人啊

○ 阳光

何日才是你
翘首期盼的团聚

就让青山作证
风雨同眠
血脉相连的另一端
终有摆渡人
在等

悟

房顶上的月牙
伴着堤坝旁的虫鸣
悄悄地移

燥热的风
掺杂泥土的醇香
划船摇橹声
敲开记忆之门
新月弯弯
勾住岁月过往

远处蜿蜒闪烁的灯火
倾诉着山的依恋
映照着醉人的夜色

不必啜泣
没人替你负重
趁信仰还在
努力前行

思 乡

雨顺着屋檐

溅湿泥土的记忆

风滑过山间

吹乱竹林的层次

这一刻

只想静静坐上竹床

听鸽子"咕咕"着盘旋

鸡鸣是喜悦的象征

清澈的溪水

向着认定的归宿

不知疲倦地流

小牛犊紧随着它母亲

时而依偎　时而并肩

喊归的回声

惊落禅院里的花瓣

晨曦下的村庄

是雾里的世外桃源

近了又远　远了又近

我思乡的情哟

浓了又淡　淡了又浓

阳光·雨荷

○ 阳光

失 眠

凌晨三点

仍然辗转反侧

失眠比失恋更难过

后者是失去后的追忆

前者是清醒时的挣扎

思绪排山倒海

一浪高过一浪

肆意拍打心岸

安神的小夜曲

音符像夜孔雀

任性地开屏

睁眼与闭眼都不重要

窗外连蛐蛐都　倦了

遥念

外婆的蒲扇

深蓝色幔帐上点缀的小花生图案

像苍穹上的小星星

一眨一眨

夜曲悠扬　视线

愈来愈模糊

阳光·雨荷

○ 阳光

愿

屏幕

放映着跌宕起伏的情节

演绎着各自的悲喜人生

下一个路口

无论你遇见谁

请笑着坚强

唯有岁月不返

余生

请卸下不快

轻装动身

无论你愿不愿意

我们都被时光

推着前行

想 你

夜以继日地想你
是我必修的课程
尽管章回各异　情节迭起
主题却鲜明地突出：爱你

爱你
只因你是我千古绝唱中
最荡气回肠的那一句
看看我的风情万种
在你的世界舞成怎样的风景

靠近你
细数所有相聚的日子
抱紧自己
便觉得单调的围墙上
有了深远的内容

○ 阳光

逃 离

阳光透过树叶

若无其事地探进房

企图窥探

深深埋藏的心事

一半是熟悉

一半是陌生

说好的白首到老

怎么会有中途退场的执念？

无言的抗争

不开口已两相厌

沉默不是托词

就让记忆停留在最初相见之时

无名指上熠熠生辉的戒指

也在嘲讽你出口成章的谎言

婚姻里

○ 阳光

没有谁对谁错

如果有来生

我愿是失聪的耳

装饰你平行的梦

此生不复相见

小厨娘

最先叫醒耳朵的

是你的低吟浅唱

熟睡中的人们

无暇顾及你的心思

推开窗

想代春风问候早安

你却了无踪影

厨房里

蓝色火焰

燎着黑色锅底

紫菜香菇虾米饺儿

翻腾着

满满爱意

鸡蛋玉米葛根手抓饼

在舌尖跳舞

与味蕾共鸣

○ 阳光

油盐酱醋都熟悉了你手掌的温度

锅碗瓢盆交响曲

不是谁都可以演奏一生

唯有爱

才可坚持一路前行

旅 行

乘风翱翔的雄鹰

在起伏的山峦间

流连

漂浮的水草

两岸蓬勃的芦花

挂满露珠的玉米秆

不约而同

投入水的怀抱

分外缠绵

萦绕在山腰的雾

静谧而神秘

白云潭深处

有三五白鹭飞过

竹筏顺流而下

恰似赴约伊人

在水一方

○ 阳光

终究是不敌岁月

连伫立的花苞也若有所思

含羞而开的姊妹花

无心争艳

只愿徜徉在

如织游客的专注里

长醉不醒

决

看见你头也不回

摔门而出的绝情背影

我的心像爆裂的啤酒瓶

碎了一地

空气瞬间凝固

没有比这更悲凉的了

练琴的孩童

也许是受不了枯燥的黑白键

用断续的音符以示抗议

风飘送过来

很是不合时宜

终究是要断了过去

作别泥潭般的往事

纷扰清零

轻装笑着　一路向东

○ 阳光

渴　望

雨

像个任性的孩子

倔强地下

土地已泥泞不堪

树叶冲刷得微黄

靠近　竟有些虫洞

阳台上晾的衣服

悬挂了七八天

依旧不能干透

熨烫机都迫不及待

湿漉漉的空气

让人想赤脚夺门而出

仰望

映入眼帘的仍然是灰色

不能释怀

从未像今天这样渴望

阳光的拥抱

把往事翻晒　哪怕蜕皮

刺痛也好

嵌入栀子花影视墙的射灯

是我留给这个雨季

最好的温度

阳光·雨荷

○ 阳光

光 的 影

谁家的摩托车后视镜

将光折射在

灰色的门窗上

明晃晃

香槟色的冰箱侧面

罗汉松摇曳的投影

栩栩如生

跟随暗红色摆钟

逐渐拉长　拉长

想触摸你的灵魂

手却停留在半空

匆匆　太匆匆

眼睁睁看你潮水般消退

好像你未曾来过

寻觅　再寻觅

于地面重现的你

竟平添了些许妩媚

宁静的午后

以这样的方式邂逅

哦　一切是那么美妙

一切都刚刚好

阳光·雨荷

○ 阳光

听

（一）

听波涛拍打沙滩的声音

激情澎湃

看海天一色

波光粼粼

如梦如幻

一切都是最好的安排

只要你努力　坚持不放弃

这世界终会如你所愿

（二）

冬日的萧条

在院里花的映衬下

预示着春的脚步将至

薄薄的阳光

慵懒　自在

吊兰婀娜地伸展

在午后

试探风的声音

　　　　（三）
　　午夜的流星雨
　　敲打在冰冷的孤枕上
　　辗转反侧
　　湿淋淋的心
　　于这漫长雨夜里沉寂
　　系着黑暗的另一端
　　会是怎样熟稔的一片

阳光·雨荷

○阳光

在 路 上

玉米秆燃烧后的烟

来不及散尽

月亮已悄然爬至树梢

纳凉人的蒲扇

摇着东长西短

一扑一晃间

纵横交错的纹理

乱了方向

白色单车

驮载着中年

擦肩而过的高跟鞋

轻叩沉睡的记忆之仓

韵律交错

如黛蓝色延绵的山

渐行渐远

昏黄的街灯

拉长返家的身影

心灵的距离

车轮无法测量

离心脏最近的地方

永远恒定着家的温度

阳光·雨荷

○ 阳光

月圆，天上，人间

感觉七月七搭桥的鹊

还若隐若现

没有旋律的秋风

便赋予苏东坡的《水调歌头》

把酒问青天的豪情

半绿半黄的银杏树

在十字街列队

将秋色不声不响　平分

桂花的瓣　跌落

像思念一样　满地

却无处寻觅

中秋的月

是举头的《静夜思》

每念一次

化作繁星的你们

便和月光一起　洒在屋顶

守护　爱过又别离的人们

天上　寂寞的嫦娥

人间　深秋　我

在等一场秋雨

缓涨秋池

阳光·雨荷

○ 阳光

舞 动

这，不是你们的舞台

你们是围着儿女和灶台的代名词

只是音乐响起时

尘封的心　为之雀跃

年轻时的梦啊

早被门缝挤变了形

宽大的衣衫

裹着松弛　从 S 到 XXL

只用了匆匆数年

这，是你们的舞台

魅力四射的灯

映着你们兴奋的脸

妆已上

长袖挥起　舞动

沉醉在音乐的世界里

请暂时忘了

你是谁的母亲，谁的妻

尽情跳吧！我的姐妹们
那个理想中的自己已欢呼
脚步舞动的诗行
有自由之花在怒放

阳光·雨荷

○ 阳光

致故友李新梅

新月　寂静的村庄
在人们紧随的目光里
烟花腾空绽放
热烈而短暂

鲜花丛中
你却沉默不语

清浅的池塘边
蛙声抑扬顿挫
所有人都因你相聚
为何你紧闭心扉
迟迟不肯出门相迎？
也许是你太累　想歇歇
可屏幕上你的模样
依旧明艳

哦，你已远行

在威海　在张家界

在桃花灼灼的山林间

在白雪皑皑的旷地上

在歌声朗朗的教室里

原来你一直都在　从未离开

安心入睡吧！

一切纷扰都按下暂停键

另一个世界

待梅花开过　李花登场

你将涅槃重生

阳光·雨荷

雨荷

父母爱情

爱情,在我的人生字典里,可以天真如"两小无猜,青梅竹马",也可以真挚如"一日不见兮,思之如狂";可以平凡如"上言加餐食,下言长相忆",也可以珍贵如"曾经沧海难为水,除却巫山不是云"。芸芸众生,每一个版本的爱情故事各有千秋,而我父母的爱情恰如李健的《传奇》——只是因为在人群中多看了一眼,便情定一生……

1967年,父亲从部队回来探亲,挑担路过大桥茶场时,听到一阵清脆甜美的歌声。闻声寻去,只见蓝天白云下,身穿白底红灯笼花袄的母亲在绿生生的茶园一边娴熟地采茶,一边神采飞扬地唱着"一条大河波浪宽,风吹稻花香两岸"。父亲被眼前的一切深深吸引,停驻许久后,仍不敢贸然前去打扰,便问询周边采茶的农妇,仔细打听一番后决定"冒险"。

第二天中午,母亲前脚刚从茶场回家准备吃午饭,父亲后脚就拎着东西紧跟了进来,对着正在厨房炒菜的外婆亲切地大喊一声"妈"。这突如其来的一声"妈",惊得外婆将手里的铲勺扔到了锅里,惊惶失措地问:"你是哪个?认错了人吧?"父亲笑而不语,放下手里的东西,轻轻搀扶着外婆坐在朝屋的木椅上,把自己的心里话一五一十和盘托出。

外婆当时一脸严肃,说什么也不同意。因为一来没有媒妁之言，素不相识就直接上门认亲，未免过于莽撞。二来母亲可是外婆望穿秋水盼来的宝贝女儿，刚满十七岁，哪舍得如此草率就答应亲事？

教过几年书的二舅妈听清缘由后，借故把外婆喊进厢房，劝慰外婆：人家是当兵的，且一表人才，看上去精神干练有气魄，最主要的是家庭成分清白、人员简单。冒失提亲的确欠妥，但顾虑自家不宜当面拒绝，思来想去，两婆媳商量说不如应允下来，让他们先相处一段时间再说。父亲听到结果，这才松了一口气。

自幼习武的外公傍晚回家得知消息后，一言不发连吸几袋旱烟，一掌拍在土砖墙上，留下深深的手印，接着轻轻叹了口气："唉，都是命！"

第三天，父亲早早赶到外婆家央求：时间仓促要回部队，能否同意带母亲到百货商店买几件纪念品？事已至此，外婆也只能点头。

父亲到达部队后，才发觉自己心中已有了牵挂，于是开始以书信寄托相思。父亲给母亲写的信，都是经大舅转交的，其内容我无从知晓，只记得有时母亲打趣父亲：纸倒有几张，字却没几个。

1968年父亲转业，四月初八便迎娶了母亲。不久后母亲怀孕一直害喜，吃什么都吐个翻江倒海。偶尔听母亲说想吃桃，父亲转身就出了门。待接过洗净的桃时，母亲才发现父亲的脸像醉汉一般红，浑身上下起了米粒大的疹子。原来是父亲从树上摘下桃子后，发现没带布袋，只好把汗衫下摆扎紧，把毛茸茸的桃直接放进临时的"肉袋"里，因而引起了过敏。奶奶一边心疼地用草药敷，一边数落："没见过你这般傻的。"父亲听了，只是憨憨地笑。

1969年5月哥哥出生，月子里的母亲胃口极差，还因睡眠不足而萎靡不振。父亲又是起早摸黑到河里去捞鱼煮汤，又是把家里收割的小麦换成面粉做成糖包，换着花样给母亲调理身体。在父亲的精心照料下，母亲的身体日渐恢复，而且奶水充足，哥哥也被养得白白胖胖。

1970年，时任民兵连长的父亲在青山修水库，在处理大桥和古市跨界砍柴引起的纠纷时险些丢命。当时双方各执一词僵持不下，持械叫嚣，冲突一触即发。父亲看场面俨然失控便挺身而出："我是共产党员，有什么事可以商量解决！"还未等话落音，红了眼的村民一拥而上，趁父亲毫无防备，一记重击落在他腰部，另一记重重击中头部，父亲应声倒地，紧接着拳头和脚像雨点一样落在身上……

待父亲醒来，发现自己被关在又小又潮湿的柴房，浑身撕裂一般疼痛，动弹不得。就在这时门开了，一位老人进来后俯下身告诉父亲："给你带几个薯，吃了快逃！"

走过伸手不见五指的崎岖山路，父亲强忍着伤痛又游过一条河，终因体力不支倒在家门口。

这可吓坏了正在剁猪食的母亲，任凭她怎么喊都喊不醒父亲。爷爷闻声赶来，二话不说将父亲弄上板车，风风火火往医院跑去。经医生诊断，父亲全身多处软组织损伤，腰部的伤更为严重，加上浸了冷水，伤寒肯定避免不了，今后坐骨神经痛可能会伴随终生。

后来听外婆讲，母亲那两年从未睡过一个安稳觉，都是和衣而睡，因为父亲经常要翻身，要起夜。尤其到了冬天，母亲会把父亲冰冷的脚紧紧抱在怀里焐热，直至天明。五十多年过去了，现在母亲只凭远处的脚步声便能断定是父亲，因为父亲在那次受伤后一直没有完全康复，两只脚走路轻重不一。

父亲和母亲就这样一路相互扶持、相互照顾，日子过得还算不错，只是偶尔也会因为一些小事拌嘴。

但凡赶上父母拌嘴，就到了我们几个孩子最开心的日子。母亲用扁担上的箩筐装上我和姐姐，手上牵着哥哥，跋山涉水去外婆家。没过多久父亲便会赶到，任凭外公外婆如何言语，他靠墙站得笔直，一言不发，待他们气消了父亲又来哄劝母亲。原以为可以在外婆家疯耍几天的我们，最终只能垂头丧气跟着父母回家。

母亲的算盘打得非常流利，字写得工整，她当过几年渣桥小学的数学老师，也兼任过音乐老师。从改革开放分责任田到户后，考虑到教书工资微薄，难以养活一大家子人，母亲含泪辞别热爱的讲台，回到农村开始学种田。

1979年父亲当选村支部书记，早出晚归成了常态，六口人的田地里的农活全压在母亲身上，坚强的她学会扶犁掌耙，种桑养蚕，养鸡养猪，还在屋前屋后开荒种菜。印象最深的是每逢母猪产崽，母亲便提前铺好稻草和旧衣服，小心翼翼把小猪崽装进大竹筐，逢冬天时父亲烧上火让它们取暖，而母亲支个临时床铺不分昼夜守护着，唯恐它们有闪失。小猪崽散窝了，母亲才长长松了口气……

但凡外婆家有喜事，父亲总是提前准备好礼金，用他的话讲，在母亲还未成年需要用钱的时候是外公外婆支撑，如今结了婚就应该好好孝顺他们。在外公外婆面前父亲从未发过脾气，更未顶过嘴！

母亲思想新潮，种菜都与众不同。当乡亲们还停留在种当季传统蔬菜时，母亲率先引进新品种：洋葱、西红柿、土豆、花菜。当瓜果压低枝头，地里刨出又大又圆的洋葱，引来好奇而羡慕的目光时，母亲总是笑呵呵地把洗好的蔬菜和左邻右舍一起分享。怕鸟儿啄食，母亲扎些稻草人驱赶，有时候吩咐我们兄妹几个轮流看管。也许是物以稀为贵，以至于后来一夜间满园西红柿不翼而飞，这不禁让人既心疼又痛恨偷菜贼，要知道夏天腌西红柿是全家人的最爱。看到全家人情绪低落，母亲则开导大家：不是穷得没办法，哪个愿意来偷？如果家家户户都种就好了！第二年，父亲号召全大队种植各类蔬菜，从那以后家里的菜园再也没有被"不速之客"光顾过。

1992年8月哥哥结婚，十天后姐姐出嫁，1993年我考取省艺校在外求学，从此，家里就剩爷爷和父母三人，原本热闹的家一下子变得冷清了许多。除年节及寒暑假一家人能相聚，其他时间我们兄妹三人都是各自谋生，四处奔波。

没有了生活压力，父亲开始打扑克消遣，还编些顺口溜：只要不巴锅，赢钱的机会多！1996年我参加工作后便经常回家，有次见父亲闷闷不乐，便问其缘由。爷爷偷偷拉我到一旁告密：父亲的一把好牌被人翻了三鼎锅！原来如此，我不禁哑然失笑！为讨父亲开心，我和母亲商量后，当晚便约姐姐回家打牌，四人酣战，父亲大获全胜，满面红光。散场后姐夫打趣：这业务牌打起来还真花心思，"火车皮"捏在手里都不敢出！

母亲拎着鸡蛋送我们出门，安慰道："委屈你们了！"我们放声大笑……

直至现在，每逢父亲生日，我们都会心照不宣地陪他过过牌瘾！

母亲热爱文艺，喜欢看综艺，父亲当过兵，酷爱战争片，他怕被抢台，特地买了两部电视机。每当看到生死攸关时，倘若主人公还磨磨叽叽，父亲便开始发话："还不赶紧走，活腻歪了！"母亲便端上热茶开导："胜爹呀，天下事都是戏，何必认真！"后来父亲改看体育频道，一旦中国队不敌外国队，父亲那个急呀！一看父亲情绪不对，母亲便开始找话题转移他的注意力。

如今父母都老了。尤其是父亲，头发全白了，耳朵也不太灵光，接听电话时需要母亲当"传声筒"。平日里，他们一个在门外眯着眼睛晒太阳或看书，另一人便会喊："快进屋，外面冷！"有时我在院门外就能听见吆喝："开饭啦！"

我想这世界上真正的爱不一定要轰轰烈烈，也不用绞尽脑汁改变对方，而是心疼对方，舍不得让对方难过，然后一起携手相伴！

父母走过风雨五十四年，吵过，也闹过，甚至那三个字从未说出口过，但他们仍十指相扣，相望相守。这大概就是爱情原本的模样：一言一许诺，一世一双人！

忆童年

文学家冰心先生曾这样感叹："童年是梦中的真，是真中的梦，是回忆时含泪的微笑。"而我的童年记忆像船，扬着帆，划着桨，在似水流年里静静流淌……

母亲怀我时，哥哥五岁，姐姐两岁，爷爷奶奶犹豫发愁：再添一口，原本窘迫的日子怕会更拮据。母亲当时倒是坦然：既然来了，就生下吧！于是世界上又多了一个幸运的我。

母亲身材娇小，性格乐观坚强，做起事来风风火火。因每天都要出工，只能中途抽空和其他妇女一道回家，给嗷嗷待哺的婴儿喂奶。那时没有奶粉，碰上奶水不充足的时候，只能烧稻草熬米糊维持。所幸我们兄妹三个都是吃母乳吃到快两岁，才送到外婆家强行断掉。

后来听母亲讲，我有几次差点儿丢了性命，但每次都是有惊无险。

一次是冬日的晌午，母亲如往常一样回家喂奶，却发现我不见了，整个村挨家挨户地问，就连池塘也打捞了一番，仍旧不见人影。当母亲失魂落魄地坐在厢房里发呆，目光定格在堆满了衣服被褥的摇篮时，她突然惊起，掀开杂物，发现我脸色已发紫，躺在摇篮里一动也不动。

原来奶奶看天起了乌云，担心下雨，收了衣服就顺手放在摇篮里，又匆匆忙忙去帮叔叔家收，根本没注意到摇篮里熟睡的我。

还有一年夏天赶上"双抢"，母亲低头插秧，无暇顾及一旁的我。我嬉戏玩闹后有些犯困，就在田埂上睡着了，一只壮硕的麂悄悄地向我靠近，试图叼走我。远处送秧的父亲瞧见后，立即卸下担子，操起扁担朝跟前快步奔来，并大声呵斥才吓跑了它。母亲这才扔掉手中的秧头，惊魂未定地抱起号啕大哭的我。

父亲年轻时是种西瓜的能手，那时候都用菜饼施肥（榨了茶油或菜籽油后的渣子，发酵后用来浇灌），地里结的瓜又大又甜。每年母亲都精心挑选两个，用小箩筐装着由哥哥姐姐抬着送到外婆家。我那时小，帮不上忙，但是脚力好，也跟着去送瓜。去外婆家的大半路程是山路，有时不小心摔了跤，西瓜破了，我们面面相觑拿不定主意时，哥哥便找个较为隐蔽的地方，兄妹三人撒欢地吃，直到撑得肚子圆鼓鼓的才心满意足地继续前行。

外婆家有口很大的池塘，看着表哥们像泥鳅一样在水里游来游去，坐在岸边的我很是羡慕。他们邀我下水，我却不敢尝试，后经不起诱惑，还是被扶着坐在采莲蓬的窄小木盆里看他们嬉戏，哪知一个浪头打来，木盆翻了，我一个倒栽葱掉进水里。这可吓坏了他们，顿时哭喊声响作一团，在池塘边牵牛饮水的四舅被惊动，他一个猛子扎进水里把我托起。外公也闻讯赶来，将不省人事的我横放在牛背上，用力拍打背部，也不知过了多久我才吐了水，"哇"的一声哭了出来。送我回家后，小脚外婆慌忙烧水给我洗了个澡换好衣服，端了碗蛋炒饭。看我吃了个底朝天，外婆这才松了口气，连夜安排大舅把我们兄妹三人护送回家。

从那以后，母亲不管去哪里都带着我们，哪怕用肩背，用扁担挑也不敢分开。用她的话讲，就算有一天去要饭，也要领着我们三兄妹一起。

轮回的四季里总有让人难忘的回忆，尽管时光荏苒，现在忆及仍历历在目……

春天万物复苏，楠竹笋一天一个样噌噌地往上蹿，夜晚躺在床上都能听见它们破土而出，努力向上生长的声音。挖笋是有讲究的，父亲教我们：瘦小或太密集的笋都要用锄头挖掉，以免影响竹子成材。等笋衣褪落时我们便一起去拾，先挑宽大厚实的笋衣，用剪刀剪掉尖的部分，接着正一片反一片叠放整齐，然后用磨豆腐的石磨压住。过两天取出平整的笋衣在太阳下暴晒，干透后用草绳绑住悬挂在通风处，农闲时再拿出来做斗笠帽芯。母亲则教我们裁鞋帮样，用布包好再用针仔细地缝。昏暗的油灯下，母亲不知熬了多少个夜，有时候我从梦中惊醒，见母亲还在飞针走线。"慈母手中线，游子身上衣，临行密密缝，意恐迟迟归。谁言寸草心，报得三春晖。"我想这是赠给母亲最贴切的诗句吧！

待三九菇隆重登场，则到了味蕾最享受最满足的时期。夏季雨后初晴，我们便准备一根结实的木棍或一把柴刀，挎上竹篮，成群结队地上山。三九菇依赖松树生长，靠松树的腐烂落叶提供养分。松树密集，土壤湿润的地方，常常就是它们的藏身之所，需耐心细致地搜寻才能发现它们的踪影。整个过程像在探险，既刺激又兴奋。有一次，当我和哥哥翻开盖在地面伪装的"外衣"时，只见一大片鲜黄的三九菇齐刷刷地呈现在眼前：有的打着小伞四处张望，有的三五个簇拥在一起交头接耳，还有的像孪生姐妹相互依偎、互诉衷肠。我们屏住呼吸，似侦查员般警惕地环顾四周，确定无人后，才敢迅速弯下腰，双手托住三九菇根部，谨慎地将其从地面剥离，一个个有序地放在竹篮里排好队。后来发现竹篮太小放不下，哥哥决定先采摘好集中放在一处，脱下外套折些树枝加以掩盖，让我负责看管，然后他飞奔下山叫父母上山来搬运。

那一次足足装了两担一篮。父母用板车把三九菇拉到街上趁新鲜卖。黄昏时分，母亲用卖三九菇的钱买了台蓝色收音机，作为犒劳我们的奖品。那可是我们日思夜想、梦寐以求的礼物呀！兄妹三人围着收音机唱呀跳呀，笑得合不拢嘴。

闹腾过后，母亲吩咐我们将破损和没卖完的三九菇洗净，又拿出外公送来的五花肉。她先将五花肉剁碎在锅里炸，再放一些捣碎的姜，接着将三九菇倒进锅里翻炒，炒香后添入两大碗水，盖上锅盖焖几分钟，最后把烫好的薯粉皮切成丝放入锅中，撒上些许葱花和盐迅速起锅。全家围在八仙桌旁大快朵颐时，味道那个美呀，真是唇齿间绝味的鲜香！

多年后奶奶提及那顿美餐仍啧啧称赞、回味无穷。那晚我甚至固执地认定人间美味莫过于此，那和睦温馨的幸福画面常常在我脑海中浮现……

五月份大人们在打谷场上打油菜，我们躲在堆得高高的刚脱完籽的油菜秆垛里，拿出事先精心准备好的油菜秆玩拉钩游戏，累了就躺在垛上静静地看游移的月亮和满天繁星。小溪的水哗啦啦地流，此时的村庄已沉浸在银色的月光里，宁静而祥和。直到上下眼皮打架，睡意深浓，我们才恋恋不舍地离开。

端午节前后，连下几天雨，土地泡得松软，这时候就要去菜地里割翠绿鲜嫩的薯叶。割下的薯叶先按三五节为一段斜着剪断，并朝一个方向摆放整齐,再用稻草捆好。我们学着大人的样子戴上斗笠,披上蓑衣,在黄豆地或割完油菜翻耕过的地里,一行行间隔均匀地插薯叶。偷空得闲,我和小伙伴在家会张罗着挑出藤长根粗的薯叶,左一下右一下编出长长的薯叶耳环和项链,佩戴在耳朵和脖颈上,再由年纪大点的女孩用烧红的铁丝帮我们烫头发。我们饶有兴致地玩过家家的游戏,忙得不亦乐乎!

禾苗近分蘖时是夹鳝鱼的最佳时期,姐姐身体弱,提煤油灯协助哥哥的任务自然就落在我身上。哥哥在前面探路,发现"猎物"时便放轻脚步,我心领神会地举起灯。只见他的双手小心翼翼松开夹钳,对准鳝鱼迅雷般快速合拢,眨眼间鳝鱼便成了囊中之物。有时候我一不留神脚滑了,连人带灯摔倒在地,连背篓里的鳝鱼都跟着遭殃。看着我成了泥猴,哥哥觉得既好笑又心疼,建议早点收工,可倔强的我一般"轻伤不下火线"。每每满载而归时,所有的委屈都会抛到九霄云外。

小时候,最让我开心的事要数捉鱼摸虾。盛夏,家里人开始午休,我则猫着身子,蹑手蹑脚溜出门,跑到村头小溪里大显身手。搬开石头,一窝窝小螃蟹四处逃窜,我兴奋得手忙脚乱,把它们尽数"捉拿归案"。很多时候,我将用竹片做的簸箕固定在一处,然后用脚使劲地在水里搅,逼得小鱼小虾纷纷"自投罗网"。午后我拎着战利品,浸水淘洗干净后把它们平铺在簸箕上晒干。整个夏天能集三四斤干鱼虾,待家里有客时拿出来,放点自己晒的干辣椒一起煮,满屋都飘香!这时候父亲总要"插播"它的来历,客人免不了要称赞一番,我听了心里比吃了蜜还要甜。

去田里捉害虫是令我既紧张又向往的事。看着那些蠕动的虫子趴在禾苗上，我又惊又怕，不敢下手。但想想捉一百条有五分钱的奖励，便索性壮着胆，用洗衣粉包装袋套住手，硬着头皮捉了起来。慢慢适应后，我胆子也大了，可以直接用手飞快地将虫子抓进小簸箕。运气好时，一天下来可以赚个一两毛呢！

　　夏夜，家里既没有电视，也没有电扇。实在热得受不了，我们就抬出大竹床，拿着爷爷用棕叶扎的大蒲扇，点上用艾叶卷的驱蚊香，听母亲唱歌，央求她教。母亲的嗓音甜美清脆，印象最深刻的是听她唱《听妈妈讲那过去的事情》和《我的祖国》。此起彼伏的蛐蛐声与母亲的歌声一唱一和，连天上的星星都沉醉其中忘了眨眼！很多时候我都是躺在母亲的怀里，听着她夜莺般的歌声，进入甜美梦乡。我想我会爱上音乐并逐渐走上音乐道路，与她的熏陶是密不可分的吧！

　　后来风靡全国的《霍元甲》《射雕英雄传》等经典港剧热播时，全村竟然没有一部黑白电视。我苦苦恳求父亲，征得他同意后，便早早吃过晚饭，步行四五里路，到邻村一位屠户家的小卖部，找个靠前的位置全神贯注地看起了电视，连中间的广告也舍不得放过。临结束，我已睡得东倒西歪，父亲只好背着我回家。我趴在父亲宽阔又柔软的背上一颠一簸，感觉就像躺在摇篮里，舒服极了，有时到家了也故意赖着不下来，父亲就捏着我的鼻子喊："肥猫，背都被你压驼了！"我这才哈哈大笑溜了下来。

　　秋天是丰收的季节。天刚亮，母亲就喊我们兄妹三人起床到田里割晚稻。当我揉着惺忪的眼，迷迷糊糊地站在田埂上时，哥哥便开始用蹚步数数的方法明确分工。我挥舞着手里的镰刀割稻，一开始感觉露水很重，湿漉漉的刘海一绺一绺地贴在额头，割到一半时便开始发热，不知是汗珠还是露水流进脖颈，却也无暇顾及，唯恐追赶不上他们的脚步，不敢有丝毫怠慢。快割到尽头时，母亲提着饭菜和热水招呼我们到田埂上吃饭，用干毛巾边擦拭我们背上的汗，边叮嘱我们上课要认真听讲，刻苦学习。我们来不及表决心，嘴里还嚼着饭，便挎上书包迎着朝霞飞也似的奔向学校。

最煎熬的是五六年级上晚自习那段时间。哥哥姐姐分别都上了高中初中，没有他们的庇护，我就像只孤零零的小雁。

当老师在讲台上滔滔不绝讲解或同学们读书时，我耳边却嗡嗡直响，一句都听不进去，感觉时光好漫长。因为饭菜油水薄，加上我正是长身体的时期，好不容易挨到下晚自习，我早已饥肠辘辘，脚好像踩了棉花，压根使不上劲也迈不开腿。遇上调皮捣蛋的男生学狼叫，又故作神秘一会儿跑，一会儿蹲，我吓得后背直冒冷汗，同龄女生少，又不敢掉队。在伸手不见五指的夜里，走在凹凸不平的山路上，我又饿又怕，深一脚浅一脚，跟着他们跌跌撞撞、筋疲力尽地回到家。

细心的母亲见我脸色苍白，一副无精打采的模样，便详细询问缘由，了解事情的来龙去脉后，便和父亲商量决定——以后亲自接我回家！从那天起，每当下晚自习，远远看见父亲高大的背影，我便像只出笼的小鸟飞奔到他身旁一跃而上，坐在自行车后座上。我紧紧搂住父亲的腰，头倚在他的背上。父亲身上熟悉的淡淡烟草味，让我倍儿有安全感。叮叮当当的铃声伴着夜里的风轻拂过脸庞，整个世界好像只剩我们父女俩，小小的童心瞬间融化……时隔多年，我读过也看过许多描写父女情深的章节和剧情，却从未让我像当年那样陶醉不已！

最难忘的是白雪皑皑的冬天。尽管天出奇的冷,却到处都有我们勇敢的小身影。冬天云峰崖上结满了形态各异的冰凌,用力掰下后,找个冻硬的空心植物对准冰凌使劲地吹,直到冰凌融出一个圆形小孔,再用稻草穿过去,边拖边用雪球打雪仗。尖叫声此起彼伏,枝头的雪嗖嗖落下,小伙伴玩得更欢了。在粉妆玉砌的白雪王国里,我仿佛是自由快乐的小公主!

天放晴了,我们开始上山捡柴,干松针大片大片往下掉,密密地铺在草地上,远远望去像极了金黄的地毯。我们欢呼雀跃,在地上打几个滚,躺在松软的天然氧吧里什么也不去想。泥土和树叶的气味飘散在空气中,太阳透过树缝斜照在脸上,我眯着眼,心里有说不出的惬意与舒适。

临近春节,我心里满是期待:又可以添新衣啦!平时哥哥姐姐的衣服小了,经母亲巧手裁改后由我照单全收。爷爷勤俭节约一辈子,有一句话我至今还记忆犹新:新三年旧三年,缝缝补补又三年。

我围在缝纫机旁,看母亲比画裁剪,没等多久衣服便做好了。母亲手把手教我和姐姐锁扣眼,缝纽扣,挑裤边,至今这些针线活我也未曾落下。

除夕夜,我们站在屋檐下扔落地鞭,点冲天炮,父母怕伤着我们,便在一旁耐心指导:一定要眼疾手快。在烟雾弥漫的走廊里,我们尽情地跑啊,追啊,欢笑声至今还回荡在耳边……

在岁月的长河里,童年是河床上闪亮的珍珠,时间愈久就愈发弥足珍贵。童年很短暂,来不及回首,我们便以冲刺般的速度到了青年,中年。

倘若童年是一幅画,那画里便有我五彩缤纷的生活,稚嫩的画

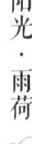

板上涂鸦着纯真与烂漫。

　　如果童年是一首歌,那往事就像美妙的音符,时常拨动我心弦,悦耳动听,令我终生难忘!

○ 雨荷

悼小叔

纵然有太多的不舍与牵挂，小叔，您终究还是走了……

人到中年，不得不逼着自己学会接受亲人和朋友的别离。纵然心如刀割，泪眼婆娑，也不得不放开再也够不着的手……

记忆中的您俊朗，说话时面带微笑。每逢过年，去您家拜年是我们兄妹几个最开心的事。一来氮肥厂食堂里香喷喷的大白馍和有黄豆油皮的豆浆让人唇齿留香；二来您会领我们上街买糖葫芦似的五彩气球，捎带买些冲天炮和小摔鞭；最重要的是您家有电视机，我们可以痛痛快快看到眼皮打架。回家时每个人的口袋里尽是您塞得满满的零食，还有捏得汗津津的压岁钱。

一晃几十年，后来我们求学、上班、结婚生子，除正月和家逢喜事时能坐在一起叙叙旧，其他时间相聚甚少。我有次参加市迎新春晚会，意外领了报酬，便买了几套衣服到您家，不巧您出门办事未回。傍晚您打来电话，既兴奋又开心，叮嘱我别乱花钱，要好好工作，莫熬夜。我知道您是担心我的！

直至上个月堂弟来电，说您患肝癌住院，情况很不乐观，我才想起您已是古稀之年！和姐姐联系同去探望，看到病床上的您又瘦又黄，但仍强打精神和我们聊天，反复叮嘱我们要注意身体，我实在心痛不已。

近期我身体状况欠佳，频繁失眠，便开了些中药在家疗养。前些天，父亲说早餐吃腻了面条，想换口味，等我买好东西回家，母亲才告诉我您已出院，搬进了奶奶住过的房间。

我再次看到被病魔折磨得骨瘦如柴，已不能言语的您时，禁不住泪如雨下。

婶婶说您走时很安详，因为我和哥哥当晚守到十一点多才动身回家，刚到家婶婶的电话就来了……

小叔，我想您定是不愿让我们看到您最后离场时的狼狈，才选择匆匆告别吧！

往后余生，不会有人往我书包里塞炸小鱼干，也没有人会牵着我的手穿过闹市，更不会有人给我留一兜热乎的馒头和豆浆！呜呼！因为这世上已无您——小叔！

按您遗愿，您回归了生您的故乡，小叔，虽然您从小被过继，但血管里流淌的依旧是和父亲一样的血液。您是我们永远的小叔！中元节时，奈何桥上莫忘了回家的路……

如若生命有轮回，来世请让我护您周全，可否？

阳光·雨荷

晒 娃

晒，形声字，左形右声，本义是指在阳光下吸收光和热。而后引申为网络用语，意为展示、表现一下，即亮、秀。

手机不离手的年代，人的分享欲有了更多的展示机会。但晒朋友唯恐因拍摄角度、美颜功能等问题而顾此失彼，再则审美各异，只能慎之又慎。

夫妻之间秀恩爱，幸福感固然溢屏，但也保不齐哪天意见相左，感情降温。轻则拌拌嘴，过几天烟消云散，重则翻脸后恶语相向，昔日的温情荡然无存后一拍两散。从云端瞬间坠入尘埃，冰火两重天的境况让人猝不及防。

晒工作又摆脱不了邀功、讨好巴结领导的嫌疑。偶翻手机惊喜发现一句经典名句——人类无法隐藏爱、恨、咳嗽，还有一个：晒娃！哈哈，太在理了，娃是自家生自家养的，无论美丑胖瘦都是经母亲怀胎十月，鬼门关上走一遭用命换来的，不晒晒简直天理难容。尤其晒娃还是零风险，低成本，随时随地且随机。

纵观上下五千年，晒娃的比比皆是！

东晋末期隐逸诗人之宗，田园诗派之鼻祖陶渊明曾含泪晒下《责子》：

>白发被两鬓，肌肤不复实。
>虽有五男儿，总不好纸笔。
>阿舒已二八，懒惰故无匹。
>阿宣行志学，而不爱文术。
>雍端年十三，不识六与七。
>通子垂九龄，但觅梨与栗。
>天运苟如此，且进杯中物。

主人公叹自己年纪一大把，五个儿子全不成器。这还是那个"采菊东篱下，悠然见南山"，脱俗清新与菊花为伴，自带仙气的陶渊明吗？但仔细琢磨，他的"责子"，并非责骂，而是嗔怪，嘴上责，心中却是舐犊情深。

盛唐伟大的现实主义诗人杜甫简直就是宠娃狂，晒娃天下第一。有诗为证：

>骥子好男儿，前年学语时。
>问知人客姓，诵得老夫诗。

>骥子春犹隔，莺歌暖正繁。
>别离惊节换，聪慧与谁论。

唐朝伟大的浪漫主义诗人李白晒娃时，唯有浓浓的思念和无尽的牵挂。

娇女字平阳，折花倚桃边。
折花不见我，泪下如流泉。
小儿名伯禽，与姊亦齐肩。
双行桃树下，抚背复谁怜？

晚唐诗人李商隐更是用简单粗暴、通俗易懂的方式把娃夸上了天。

衮师我骄儿，美秀乃无匹。
……
前朝尚器貌，流品方第一。
不然神仙姿，不尔燕鹤骨。

晚唐诗词人，儒客大家韦庄的诗里则是满满怜爱，对娇儿的任性束手无策的慈父形象呼之欲出。

见人初解语呕哑，不肯归眠恋小车。
一夜娇啼缘底事，为嫌衣少缕金华。

北宋文学家、书法家、画家苏东坡历经几番沉浮，大彻大悟后，只剩对娃平安健康到老的期许。

人皆养子望聪明，我被聪明误一生。
惟愿孩儿愚且鲁，无灾无难到公卿。

南宋文学家，豪放派词人，"词中之龙"辛弃疾一挥而就的《清平乐·村居》，不光勾勒出慵懒悠闲的晒娃时光，还捎带把其乐融融的家庭氛围也晒得淋漓尽致，高级而有意境。

茅檐低小，溪上青青草。醉里吴音相媚好，白发谁家翁媪？
大儿锄豆溪东，中儿正织鸡笼。最喜小儿亡赖，溪头卧剥莲蓬。

明朝中期文学家徐渭的晒娃方式朴实无华，接地气，甚合普通百姓心声。

柳条搓线絮搓棉，搓够千寻放纸鸢。
消得春风多少力，带将儿辈上青天。

放眼现代的朋友圈晒娃：有旅游沿途留下的灿烂笑容，有各种搞怪卖萌的扮相，有进厨房忙碌令人感动的小小身影，还有秀才艺、分享奖章证书时的光芒四射。让心为之振奋，更让手指乐此不疲！

上下求索，古今晒娃方式迥异，但皆源于爱！

晒是对生活的积极态度，晒晒更健康！

愿太阳照得见的地方都是心之所向，有爱的地方就是天堂！

回 家

临近中秋，我一如往常地回到家，父亲正在兴致勃勃地看体育频道赛事，紧张处边点评边抽烟，恨不得亲自上阵为中国队拿下几分，总算赢了，才终于松了口气。看到父亲紧锁的眉头舒展，高兴得像个孩子，这一刻我才发觉父亲的快乐竟如此简单。

母亲在菜园里浇水，我上前挑了两担水，呼吸有些急促。母亲假装嗔怪："屋前屋后扫个遍，又忙着挑水，歇歇不行吗？"接着摆摆手示意我进屋。

母亲的腿早些年受过伤。四年前，村里的小溪有些淤堵，母亲便赤脚上阵，抡起锄头开始清理，水顿时浑浊起来，母亲不慎一脚踩在啤酒瓶上，被玻璃划破了脚。

怕父亲责怪，母亲跛着血流如注的脚一瘸一拐悄悄回到屋里，简单清洗包扎后，一躺就是两天。直至第三天因单位需登记父母身份证，我赶回家时，才看见母亲的脚背肿得老高，伤口还渗着血水。我鼻子一酸，心头一疼，眼泪夺眶而出。

母亲像做错事似的，小心翼翼地安慰我："你们都挺忙的，再说我是小伤，都怪自己太大意！又给你们添麻烦了！"

我不再深究，风风火火把母亲送到医院。护士给母亲的脚清理消毒时，我看到母亲脚板开了道七八厘米长的口子，白森森的脚趾骨隐约可见。护士心疼地说："您老人家真坚强！"我别过脸，眼泪止不住地往下流，母亲打趣我："我的三崽呀，就喜欢哭。"

自那以后，母亲走路就有些不太灵活，因这次伤了大脚趾神经，加上多年前砍树时脚被大树碾压过。新疼旧伤让我内心难安，从那时起，我便暗暗下了决心：每周回家一趟。一则可以了解他们的健康状况，二则做些力所能及的家务。

那天我窝在沙发上迷迷糊糊快睡着时，门外传来父亲的声音："亏你每天还趾高气扬的，要不是我去救，哼，你早就上了西天！如今你还带头不听话，看我怎么收拾你！"

坏了，听语气好像是吵架！我心头一急连忙起身，正准备出门，母亲拦住我，见我一脸诧异便解释：家里两只下蛋的母鸡之前争窝干架，有只不小心落到井里，父亲只得下井施救。那只鸡被救起后经常到别人家借窝下蛋，今天被父亲逮个正着，正在训话呢！

我听完哑然失笑！这话居然是出自不苟言笑的父亲之口？片刻后，父亲手提"罪犯"回到柴房，语重心长地嘱咐："这才是你的窝，记住了吗？"

无意间翻开父母的相册，这是金婚那年我和姐姐领他们去拍的。母亲思想新潮，当时欣然接受，而父亲十二个不愿意，后来被我们硬软兼施反复做工作，才肯配合摄影师。这不，放大几张摆在房间，人来客往的都非常满意，一个劲地夸赞父母感情好。

正午时分，父亲在厨房忙，母亲陪我聊天，我觉得有些过意不去便想去帮忙，父亲大手一挥："油烟太重，别来，马上就熟了！"母亲会心一笑："这几年我都是过着饭到口，茶到手的幸福生活！"

父亲以前可是不进厨房的！角色转换如此迅速，令人惊喜之余，又由衷地替母亲开心！

　　最美的爱情不是花前月下，也不是海誓山盟，而是肯为对方低头，懂得真心付出！在父母的一呼一应中，在一饭一粥一茶间，在两鬓斑白四目相对时，红绸带的另一端仍在身旁！

　　这，才是打不散离不开的真正爱情！

　　"所以牵了手的手，来生还要一起走；所以有了伴的路，没有岁月可回头！"

我的外婆

　　人到中年，容易感怀且泪点低，当竖琴响起，画面转换，我心底封存的记忆像一道闸门，霎时打开……

　　记忆中的外婆皮肤白净，五官标致，说话声音轻柔。每逢家里有喜事，父亲便请身强力壮的中年人担任轿夫，挑选两根粗大的老竹，中间绑条八仙椅，椅脚旁再系把伞，在座面上铺上厚厚的棉花布垫去接外婆过来。外婆早上出发，中午饭点便可到。若时间上有出入，母亲便吩咐我前去打探。那时的我特别盼望外婆来，不光伙食能有改善，最主要的是，倘若犯了什么错，还可以免些皮肉之苦。夏日哥哥如果趁着空闲偷偷去游泳了，如侦探兵般的母亲只需用手指甲轻轻在他手臂上一划便可断定。外婆在家时母亲不好发作，只能罚哥哥面壁或批评教育。

　　印象里的外婆头发总是利落地盘在脑后，手里拄着褐色拐杖，步伐缓慢而轻盈。父母从小便给我们兄妹三人定下规矩：凡家里有客人，小孩不能上桌。待客人吃完饭，须端上热水递上干净毛巾让他们洗脸擦手，并恭敬站在客人身后，待客人用完，我们接过毛巾端上面盆方可离开。这种习惯一直沿用至今。

　　外婆睡前通常由母亲端水侍候，我总是躲在一旁偷偷看外婆的三寸金莲。有次妈妈用剪刀帮外婆修剪趾甲，要我用手电筒照明时，我才惊奇地发现：除了大脚趾外，外婆的其余四个脚趾严重变形，微屈在脚板，和脚后跟竟只相距一条细细的缝，脚背鼓起一个高高的包。外婆看着我惊愕的表情，淡然地解释。原来从四五岁起，外曾祖母就用一条细长的布将外婆双脚紧紧缠裹，使之畸形变小，直到成年骨骼定型后才将布带解开。那时谁家未出阁的姑娘脚尖能放在酒盏里转转，便说明家教严、传统好、门风正，这一陋习竟成了当时谈婚论嫁的先决条件。我心里忍不住暗暗埋怨：怪不得逢年过节母亲在做鞋时，我们的鞋子总是紧兮兮的。稍有抗议，母亲便笑着回答：大脚费工又费料。现在想想这其实是封建思想的残余！

在我家小住几日后，外婆便开始放不下自己院里的鸡鸭和围栏里的猪。父母深知再挽留也无济于事，只好安排轿夫，装些家里备好的薯线粉、豆豉、茶叶等，用网袋装严实拴在轿旁，送外婆回家。

每逢寒暑假，父母便派我们充当邮递员，送西瓜或绿豆等农产品去外婆家。外婆腰间别的那串铜钥匙配上小铃铛，不管走到哪里，总会发出悦耳动听的声音。尤其当外婆掏出钥匙打开衣柜，搬出青瓷花瓶，变戏法般从里面掏出小桃酥、麻糖等零食时，我们便欢呼雀跃地围着她，伸出小手一人领一份，然后坐在板凳上，一只手紧握零食，细细地品，另一只手手心朝上接掉下来的芝麻和残渣。外婆眯着眼睛，微笑着抚摸我们的头，叮嘱我们慢慢吃，别噎着。后来我们才知道，外婆有低血糖，这些零食是二舅从外面带回来孝敬她的点心，但外婆很多时候都分享给了贪嘴的我们！每逢过年，外婆拿出压床底的小布包，解开一层又一层，将平时卖鸡蛋、割桑麻、搓草绳等赚得的两毛或五毛钱塞给我们压岁，还不忘嘱咐"万般皆下品，唯有读书高"。

后来上了初中和高中，我们都寄宿在学校，功课多时间又紧，去外婆家的次数也就逐渐减少，倒是母亲得空便骑自行车前去探望。有时放假回来，看见母亲坐在灶台前发呆，鼎锅里的米汤往外溢她都浑然不知，再靠近竟见她脸上挂着两行泪珠……

多年以后我才懂得：那是母亲想外婆了！

年迈的外婆腿脚不方便，开始在四个舅舅家轮流住，饭菜不甚合口味，加上住不习惯，外婆常常觉得不自在，但她担心给晚辈添麻烦，什么事都深埋心中。有次赶上"双抢"，全家都在田间地头干活，留她独自一人在家，迈门槛时不慎摔倒，头部撞在板凳上昏了过去，待扛谷上平顶楼的四舅回家时才发现外婆已倒在血泊中。

自那以后，外婆的身体每况愈下，母亲抽空前去照顾，每每回家后都暗暗落泪。远远看着母亲单薄忙碌的身影，虽未言语，但却可以感受到她内心的担忧与痛苦。直到1996年一个炎热的黄昏时分，我和母亲在田里插秧，三舅急匆匆地赶到田埂上，哭着喊了声："老妹，妈走了！"母亲闻声轰然倒在泥水里，手里还抓着半把秧。

外婆的葬礼上，前来吊唁的人络绎不绝。因她生平乐善好施，勤劳仁义，贤名远播。宣读祭文时，我泪如雨下……

原来外曾祖母四十六岁才生下外婆，因此对她疼爱有加。启蒙时，外曾祖父背着外婆上私塾，到后来外曾祖父养了一匹白马，让外婆坐上马车往返。那时外婆是方圆几里出了名的闺秀，人漂亮又饱读诗书，且教养好，说媒的人几乎踏破门槛。外曾祖父不为男方家境或外貌所动，声称同意婚事的前提是男方必须要有担当，有孝心，并且要做上门女婿。正因为此，众多倾慕者望而却步。外婆十八岁那年，外公终与外婆成婚，婚后生育两子均夭折。恰逢1937年大舅出生时，日本兵来村里扫荡，傍晚，外曾祖母正在帮哭闹不止的大舅换衣，听见枪响和犬吠声，外曾祖母吓得让外婆快逃。可怜的小脚外婆颤颤巍巍地爬上风车，翻上女儿墙，才发现墙外无攀附物。情急之下，她只好纵身一跃，重重摔在沙土上昏死过去。不知过了多久，外婆醒过来后，隐隐约约听到嘈杂的脚步声，她只好钻进荆棘密布的杂草里。待外公找到外婆时，外婆已奄奄一息。

几年后，外曾祖父逝世，相隔三天外曾祖母也骤然离去，一班丧夫同一天抬两位至亲出殡。外婆强忍悲痛，有条不紊地操持完外曾祖父母的合葬事宜后，终于大病一场。

外婆一辈子共生十个儿女，最终抚养成人的有四儿两女。在那个物质极为贫乏的年代，外婆仍坚持送儿女上学，让他们识文断字受教育。三舅尤其得到外婆真传：一手龙飞凤舞的毛笔字，写起对联那是信手拈来，平仄相对且意味深长。更令人感叹的是，其子女们婚娶后开枝散叶至现在，我们家已是逾百人的大家族！

外婆，您一生见证过动荡不安的年代不曾有过怨恨，经历过骨肉分离的切肤之痛依然坚强。灾难来临时您冷静沉着应对，与四位儿媳相处时恪守长者风范，您一辈子都在守着家庭，为儿孙后代呕心沥血。而今您远离我们二十四年了，外婆，另一个世界的您好吗？

有一种爱浸润着我们的童年，在记忆深处温暖着往事，它源于母爱又不逊于母爱，那就是外婆的爱！亲爱的外婆，今晚您会不会披星戴月，乘风破浪来我梦里……

阳光·雨荷

父母·家

每逢双休日，我的心便开始有些迫不及待……

母亲在扫门前凋零的落叶，见我停车便笑盈盈地迎上来，随后端上洗净的水果，瞬间启动专属于我们母女俩的幸福聊天模式……

母亲自嫁给父亲后便不爱串门。小时候家里条件不宽裕，母亲便教导我们兄妹三人人穷不能志短。受她的影响，逢左邻右舍杀猪或操办喜事，我们从不前去凑热闹，都乖乖待在家里帮母亲穿针引线打鞋底，用边角余料裁剪成各种花样，缝在枕套上或书包上作装饰。

在那个物质实属匮乏的年代，田里收的粮食一半要缴公余粮，碰上年景不好时，仅剩的一半粮食填饱全家人肚子都难。为此，母亲召集大家开垦田地，种桑养蚕，养猪养鸡，印象中家里最多养了一百来只鸡和八头猪。最可惜的一次是鸡圈闹鸡瘟，我们眼睁睁看着鸡群"全军覆没"。爷爷和母亲心疼不已，百般无奈只得在山上挖坑，用石灰垫底，将它们掩埋后才含泪离开。

没过多久，坚强的母亲开始养羊养兔，到了剪毛时，她小心翼翼地抱着小羊或小兔，细细地梳，轻轻地剪，慢慢地放。第二天一大早再用自行车载着包好的羊毛、兔毛去街上卖。

在困难面前，母亲从未低过头。逢手头拮据，兄妹三个上学要交伙食费，母亲做好饭便出门，等饭菜凉透，母亲将借来的钱一一交到我们手上,故作轻松地说:"你们抓紧时间,背好米准备上学吧!"那一刻我觉得母亲是超人!其实母亲未出嫁时也曾是外公外婆的心头肉,而为人母后,却成了把委屈和难堪独自咽下的铠甲勇士!

有一年雪下得特别大,乡政府托人捎话要村里派人把两杆磅秤送去乡里,报酬十元钱。村里人缩着脖子嘟囔:"这么冷!不是要人命嘛!"随后便躲进房里烤火。望着漫天鹅毛大雪,母亲平静地说:"我去!"兄妹三人急着要前去帮忙,母亲劝阻,安慰着我们:"活儿轻,马上就回,别添乱!"

时隔多年,我仍无法忘记那个冬天,那场雪,清晰的车轮印,以及风雪中母亲跌跌撞撞,逐渐消失在崎岖的十里山路的模糊背影……

2012年临近"七一"演出的一天中午,哄完儿子入睡,我便捧了本书在餐桌边看起来,直到听见儿子哭我才放下书。喂完米糊安顿好他,就在我漱口时,总感觉水不受控制往右边流,仔细一看才发现右脸已有些斜,我慌忙中打电话询问母亲,母亲惊慌失措:"珊,莫不是面瘫?"于是她火急火燎赶到我家,见我眼斜面歪,便一把紧紧抱住我,坚定地说:"莫怕!"

买药,熬药,陪我针灸,母亲生怕错漏一个细节,哄我良药苦口,又换着花样调整饮食,劝我多吃一口饭多打一个敌人。

我偶尔去阳台晒衣,只听见母亲哽咽着小声祈祷:"我小女儿现受病痛折磨,有什么罪请让我代她受,她还年轻,千万莫留后遗症!"

我怔在原地,靠着墙刹那间泪崩……

都说这世上最无私的是父母对儿女们的爱，是的，我也的确找不出更贴切更生动的词语来讴歌这份爱！那一刻，我真真切切地感受到母亲最原始而炽热的爱，是那么的令人动容。

如今我已是一双儿女的母亲，但只有在父母面前我才感受到自己也是孩子，是可以躺在沙发上哼着歌，披着头发跷着腿，不用伪装，自由且快乐的小女儿！

父母在，家就在！漫漫人生，我愿能一直像今天这样，躺在母亲怀里，掏掏耳朵，拔拔刚长出的白发楂儿，讲讲最新的笑话，累了就抬头看看窗外。

此时阳光就在院墙上，周围一片寂静，风不急不徐……

希望此刻的情景能延续十年，十年，再十年……

后 记

踏上诗歌之旅那年,我十八岁。那年《雨中想起母亲》和《别绪》相继在《女友》杂志上发表。之后应邀参加全国笔友会,我怀揣着无比激动的心情,来了趟说走就走的旅行,觉得世界那么大,一切都那么新奇。在我茫然徘徊的日子里,是诗给了我力量,引领我走过那段青葱岁月。

我喜欢摘抄,在家里的客厅茶几处,单位办公桌上,我都留有笔记本和笔,不知不觉这么多年已经积攒下九本摘抄本。在写写停停的路上,我渐渐喜欢上独处,人只有在静的时候,灵魂才可以和书中的文字共鸣、共情。

到了知天命的年龄,生活逐归平静,前文联主席吴梅芳鼓励我:"你有开个人演唱会的决心和经历,为什么不能给已有的文字赋予新的生命呢?"得益于她的鼓励,我开始潜心整理百余首横跨三十年的诗和部分散文,并集辑成册,取名《阳光·雨荷》。

都说诗是深情酿的酒,因为它是秦时的月,汉时的风;诗也是自由散发的光辉,因为它是唐时的柳,宋时的雨;诗更是动人的旋律,因为它是元时的曲,明时的画。赋、比、兴手法常常是你中有我、我中有你,就像我们前世跑丢的灵魂,彼此相拥,时而低吟,又时而引吭高歌。

而我的诗离不开生活。我出生在一个四面环山的美丽乡村。记忆中家里总有忙不完的农活:挑水、砍柴、割麻、搓粽绳、栽禾、挖薯、打黄豆、割谷……这些都让我深深体会到普通农民的艰辛。也正是因为这生我养我的土地和山水，磨炼了我的意志，让我学会了善良和感恩。

我的诗也离不开亲人。倘若不是母亲毅然决然卖掉黄豆和稻谷，哥嫂转卖刚结婚时买的彩电，为我凑齐上省中专的学费，现在我过得怎么样，又身在何处都将是未知数。是父母让我健全地来到这个世界，尽管物质匮乏，却也平安长大。是姐姐姐夫资助我顺利毕业。亲人们的身体力行，让我懂得一荤一素皆源于爱，体会了在长辈面前什么是行孝，兄妹间何为手足情深，从而领悟到人世间唯有爱才是最美最动人的语言！

我的诗更离不开领导、老师、朋友的鼓励和帮助。这一路走来，刘文景、吴梅芳、刘红、甘万明、李玉娥、甘明强、程二春皆为我前行路上的一盏灯。戴劲松老师为我提供了唯美的摄影作品，用色彩丰盈内容。特别是市政协副主席刘智毅无私且热心地为我作序，县委常委、县委宣传部部长蔡耀斌，文旅局党组书记丁细斌、局长陈红梅给予我莫大的支持和帮助，衷心感激！世上本无路，有他们披荆斩棘，铺就了康庄大道。

"千里之行始于足下"。阳光已照进银亮色的梦，真实而令人心旷神怡！风带荷香，一切都刚刚好！在手执烟火谋生、心怀诗意谋爱的路上，祝福身边向我微笑的人们，感谢生活赋予我的一切！送所有人一首歌，我心中的歌——这世界有那么多人，多幸运我有你们。有你们，真好！

肖珊英

2022 年秋于清水湾

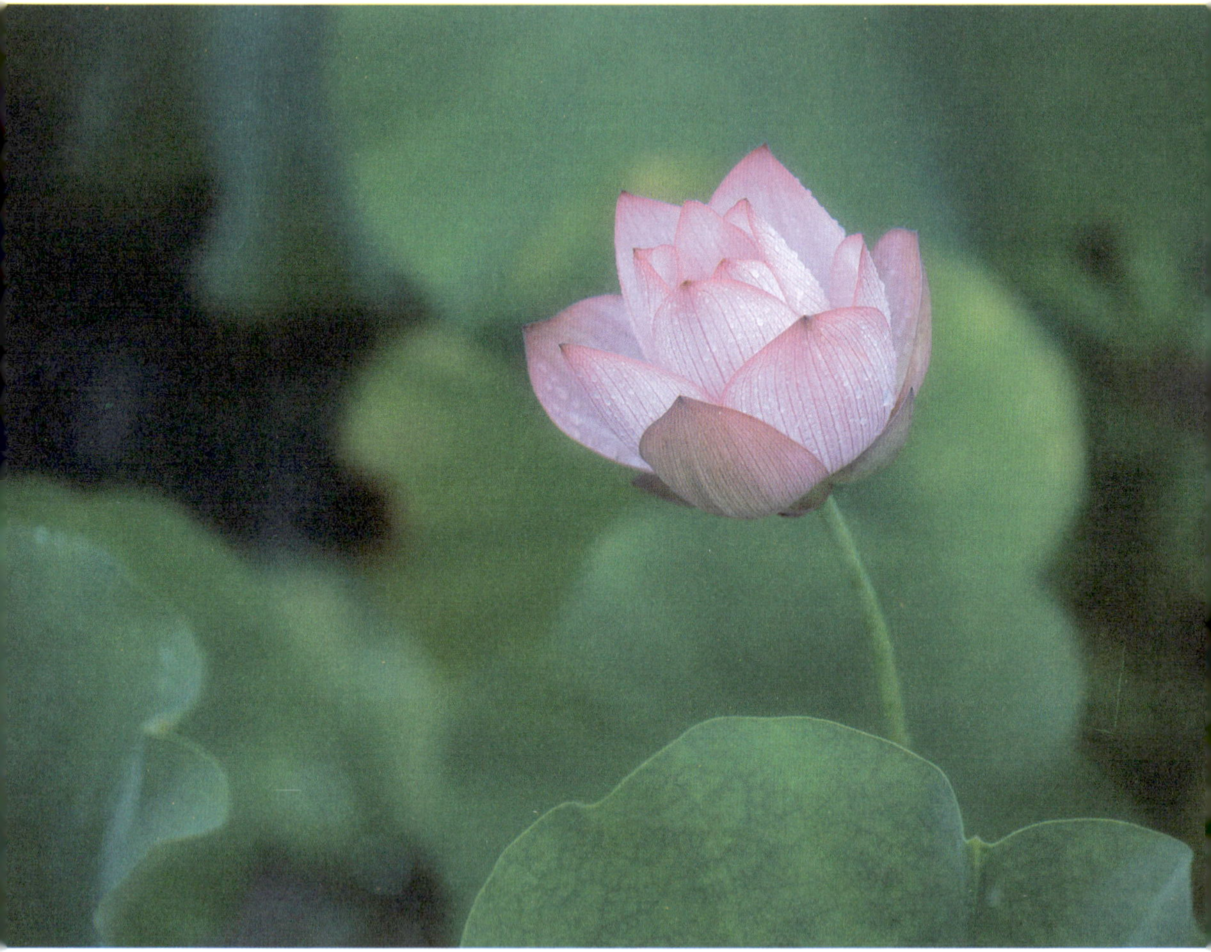